Promessa de
FELICIDADE

Título original: *Promessa de Felicidade*
Copyright © Editora Lafonte Ltda., 2020

Todos os direitos reservados.
Nenhuma parte deste livro pode ser reproduzida sob quaisquer
meios existentes sem autorização por escrito dos editores.

Direção Editorial *Ethel Santaella*
Revisão *Rita del Monaco*
Diagramação *Demetrios Cardozo*
Imagem de capa *Shutterstock*

Dados Internacionais de Catalogação na Publicação (CIP)
(Câmara Brasileira do Livro, SP, Brasil)

Miranda, Monica de
  Promessa de felicidade / Monica de Miranda. --
1. ed. -- São Paulo : Lafonte, 2020.

  ISBN 978-65-5870-031-9

  1. Ficção brasileira I. Título.

20-47227   CDD-B869.3

Índices para catálogo sistemático:

1. Ficção : Literatura brasileira   B869.3

Maria Alice Ferreira - Bibliotecária - CRB-8/7964

Editora Lafonte

Av. Profª Ida Kolb, 551, Casa Verde, CEP 02518-000, São Paulo-SP, Brasil
Tel.: (+55) 11 3855-2100, CEP 02518-000, São Paulo-SP, Brasil
Atendimento ao leitor (+55) 11 3855- 2216 / 11 – 3855 - 2213 – *atendimento@editoralafonte.com.br*
Venda de livros avulsos (+55) 11 3855- 2216 – *vendas@editoralafonte.com.br*
Venda de livros no atacado (+55) 11 3855-2275 – *atacado@escala.com.br*

Promessa de FELICIDADE

MONICA DE MIRANDA

2020 - Brasil

Lafonte

CAPÍTULO 1

A sala estava cheia. Júlia pensou que encontraria rostos conhecidos, pois a festa era, supostamente, só para brasileiros, em comemoração ao dia 15 de novembro, mas se enganara nas duas suposições: não conhecia ninguém e ouvia mais inglês do que português. Atravessou o tapete central, o queixo erguido e o olhar disperso disfarçando a timidez, e procurou um canto onde pudesse observar a festa sem chamar atenção.

Sentia-se deslocada, desconfortável. O casarão histórico certamente pertencia a alguma família milionária americana tradicional, um círculo social muito distante do seu. A maior parte dos convidados parecia compor esse círculo: socialites, executivas, CEOs, autoridades.

Júlia alcançou a taça que passou numa bandeja próxima e se ocupou em beber o vinho branco. Luzes indiretas haviam sido acesas em pontos estratégicos da sala lotada da mansão, por trás de plantas ou em abajures nos cantos, tornando o ambiente pouco devassado. Seus olhos buscavam a porta a todo instante, ansiosos, esperando ver algum amigo entrar. Nada.

O salão era esparsamente decorado, com móveis enormes, claros, impessoais. Parecia uma casa de revista, não de família. A despeito do espaço, a sensação de multidão – e Júlia tinha horror a multidão – era sufocante.

A passagem para o jardim lhe ofereceu uma alternativa de fuga. O gramado era uma opção menos povoada, com menos barulho e ainda menos luz. Deixou a taça em uma mesa de canto e dirigiu-se para lá. O ar frio da noite a obrigou a cruzar os braços, mas o decote generoso do vestido de lã fina marrom deixou expostos colo e pescoço. A saia longa, rodada, caía pesadamente sobre as botas de cano alto e salto agulha.

O jardim se estendia por um declive e seus desníveis eram acentuados pela iluminação amarelada dos postes coloniais ou escondida dentro dos canteiros. A grama se desenrolava em um tapete verde-escuro com suaves ondulações até a piscina.

Em vez de descer, Júlia preferiu se sentar num banco de ferro, semioculto pelos arbustos, e descansar os pés desabituados ao salto alto. A brisa, com cheiro de maresia, alcançou seu rosto. Virou-o na direção do mar e ouviu as ondas arrebentando nas pedras. Finalmente, pôde respirar fundo. O celular com a bateria descarregada era um peso morto na pequena bolsa. Ela nem sequer se lembrou de checar esse detalhe quando saiu de casa atrasada.

Seu olhar captou, de soslaio, um grupo de quatro pessoas que discutiam do outro lado do jardim. O grupo estava afastado o suficiente para impedi-la de compreender o que diziam. Havia um casal de pé e uma moça agachada à frente de um homem sentado num banco de ferro idêntico ao seu. Nenhum deles parecia ter mais de trinta e cinco anos.

O homem sentado era objeto de alguma discussão da qual não se mostrava disposto a participar. Ele continuava vestindo o sobretudo preto com o qual certamente chegara, o cachecol e as luvas da mesma cor. Seu olhar estava fixo na direção da piscina, ou talvez do mar. Os cabelos lisos, castanho-claros, eram jogados em seu rosto pelo vento, o único movimento em sua postura rígida e tensa.

A mulher ajoelhada na grama apoiava uma das mãos na perna dele e parecia não se importar com a impropriedade da sua postura diante dos outros convidados; ou em sujar o belo vestido vermelho colado ao corpo, revelando formas perfeitas; ou com o fato de seu penteado estar sendo desfeito pelo vento.

Era como se suplicasse sem, no entanto, fazê-lo. A súplica não parecia um apelo de amor, de paixão ou de desculpas. A mão sobre o joelho daquele homem tinha um peso de posse. Ela argumentava sozinha; as pausas marcadas por movimentos afirmativos da cabeça e da outra mão.

O casal de pé acompanhava a argumentação em silêncio, tomando a palavra da mulher de vermelho quando havia uma oportunidade. Júlia podia ver o homem de perfil, mas a moça, enlaçada em seu braço, estava fora de seu campo de visão. O casal observava o homem no banco com ar de julgamento, como se já tivesse chegado a um veredito e determinado a sentença. Embora não tivessem recebido um único sinal de estarem sendo ouvidos, os dois permaneciam como colunas fixas em seus pontos de vista.

Era uma cena ao mesmo tempo estática e intensa. Júlia continuou olhando, hipnotizada, na expectativa do que aconteceria a seguir. Não havia luz onde estava, portanto, mesmo que se virassem, seria improvável que a vissem. De repente, ficou incomodada com a própria indiscrição. Tentou desviar a atenção, mas não conseguiu. Estava presa aos olhos daquele homem, que encaravam ferozmente o nada.

A luz fraca e amarelada do lampião tornava o rosto dele irreal, e a expressão ainda mais atormentada. De perfil, a testa era alta, o nariz, grande. Os lábios finos estavam contraídos e os vincos fortes ao redor da boca marcavam sua determinação de continuar em silêncio. Não conseguia ver a cor dos olhos. Mesmo sem conhecê-lo, Júlia podia afirmar que eram seu principal veículo de comunicação – e sua arma.

De repente, uma palavra da moça ajoelhada alterou a cena. Pronunciada com veemência, determinou o curso da noite. Os olhos do homem congelaram e escureceram como brasas sob a lufada de uma corrente polar. E baixaram sobre ela como espadas, cortando qualquer possibilidade de retorno ao assunto. A mão dela retornou pesadamente ao próprio colo, a cabeça se inclinou para baixo. Se tivesse chegado naquele momento, Júlia descreveria os dois como uma súdita humilhada sob o julgamento de um rei cruel.

O rapaz de pé levou a mão à testa. O que quer que tenha sido dito, surtiu efeito contrário. Vencida, a mulher se apoiou na grama, até que o rapaz se lembrou de ajudá-la e a ergueu pelo braço. Os olhos do homem no banco permaneceram imóveis. O casal e a mulher se afastaram a passos lentos, em silêncio, e subiram pelo gramado de volta à festa, derrotados, exaustos.

O que será que aconteceu?, Júlia se perguntou. De repente, se deu conta de que preferia não ter visto nada. Seu olhar vagueou agoniado por alguns instantes e, como que morbidamente atraídos, retornaram para o homem.

Algo reluzente bloqueou sua visão. Um garçom surgiu do nada, com a bandeja de prata refletindo a luz do lampião, e se inclinou para lhe oferecer uma bebida. Júlia levou um susto tão grande que quase soltou um grito abafado. Subitamente, a música voltou a tocar alto. Atordoada, ela recusou a bebida, procurando o homem do outro lado do jardim.

O banco estava vazio.

Uma rápida varredura ao redor revelou que o homem tinha ido embora. Diante do que presenciara, achava difícil imaginá-lo retornando a uma festa da qual, pelo visto, não pretendia participar. Pensou em ir atrás dele, mas se sentiu infantil e ridícula. O que iria dizer a ele?

O frio fez seu corpo tremer por dentro. De repente, percebeu que estava nervosa e irritada com o fato de seus amigos não terem chegado. Com o celular sem bateria, não tinha como se comunicar com eles. Resolveu procurá-los. Estava há tempo demais do lado de fora e, talvez, os encontrasse no salão ou no resto da casa.

O barulho no interior, em comparação ao silêncio no jardim, tornou-se mais incômodo do que antes. Agora, transitar pela sala ou nos corredores era como atravessar as ruas do centro de Manhattan. Desistiu de tentar reconhecer rostos no meio daquele aglomerado, que parecia não vê-la. As pessoas ignoravam seus pedidos de licença e olhavam por cima de sua cabeça. No entanto, retroceder era igualmente impossível. Pegou carona no fluxo de três jovens que seguiam numa direção e conseguiu alcançar a cozinha.

Garçons se misturavam aos convidados no recinto, que, apesar de enorme, não comportava aquela pequena multidão. Avistou a porta dos fundos. Teve de ser áspera com um rapaz que insistia em não lhe ceder passagem. Estava a ponto de empurrá-lo quando ele se voltou para ela com um sorriso bêbado e, com uma reverência, lhe deu passagem.

Depois de ter sido expelida daquele formigueiro humano, Júlia ajeitou o vestido, que se torcera em seu corpo e quase fizera seus seios saltarem do decote. Passou a mão no cabelo castanho ondulado, domado com musse, e se lembrou que não trouxera escova na bolsa pequena, onde cabia apenas batom, celular, chave, cartão de crédito e identidade.

A área dos fundos era murada, com uma pequena lareira redonda, onde o fogo brando crepitava e aquecia um círculo de convidados ao redor. A única saída – além da porta da cozinha – era um portão de ferro que conduzia ao jardim externo. Pensou que o trabalhoso deslocamento havia sido inútil, mas, diante da perspectiva de retornar para dentro da casa, não hesitou em seguir para lá.

A trilha que cortava por entre as árvores não a levou ao jardim, mas aos fundos da propriedade. Logo descobriu de onde vinha o som do mar que ouvira antes. O caminho desembocava em uma espécie de mirante cravado nas pedras, aonde outra escada lateral conduzia até a areia da praia, isolada numa pequena baía.

Preocupada em não torcer o pé no declive que levava ao balcão de madeira, desceu olhando para o chão, cujas tábuas lisas e desgastadas estavam úmidas e escorregadias. Chegou à pequena plataforma com os saltos das botas explodindo no piso.

Um vulto virou-se para ela, surgido das sombras, fazendo-a abafar o segundo grito de susto da noite. O homem que vira no jardim a olhou com indiferença e tornou a desaparecer nas sombras.

Júlia ficou sem saber o que fazer.

O acaso colocara aquele homem à sua frente e não lhe dera nenhum recurso para se aproximar. Sentiu-se ainda mais ridícula parada ali, atônita, sem pretexto para ficar, nem vontade de sair. Precisava tomar uma decisão rapidamente.

Respirou fundo. Era melhor disfarçar, dar uma olhada rápida na vista e se retirar discretamente. Afinal, para aquele homem, ela era apenas alguém que interferia no seu desejo de ficar sozinho.

Avançou alguns passos, tentando não fazer barulho com as botas, e alcançou o parapeito, de onde podia ver as ondas arrebentando nas pedras da baía. Reparou que ele também estava próximo à murada, as mãos cobertas por luvas pretas pousadas uma sobre a outra.

– Que horas são, por favor? – ele perguntou, a voz grave levemente nasalada, em português.

Seu estômago contraiu e esquentou com a descarga de adrenalina. As faces ficaram ardendo. Chegou a erguer o pulso para verificar, mas se lembrou que estava sem relógio. A voz quase não saiu.

– Não sei... esqueci o relógio – respondeu, rouca de timidez.

Ele assentiu com a cabeça e tornou a olhar para frente. A expressão fechada aliviara. Júlia resolveu arriscar algumas palavras, já que não tinha nada a perder. Se ele não quisesse companhia, isso ficaria logo evidente.

– É uma casa muito bonita – ela disse, olhando na direção da mansão e, por tabela, na direção dele.

Ele não se voltou, mas respondeu, debruçando-se mais, apoiado nos cotovelos.

– Está à venda – murmurou, depois olhou-a de lado. Algo similar a um sorriso surgiu no canto da boca. – Interessada?

– Bom, eu teria de vender meu carro...

Ele riu. Um riso seco, irônico, que a fez ficar abafada dentro da roupa de lã.

– Pode ser um bom negócio – retrucou.

Tornou a olhá-la. Os olhos brilhantes atraíam como a armadilha de um caçador. Júlia reparou seus dentes pontiagudos escondidos por trás dos lábios. Mas o olhar dele não se demorou nela, desinteressado, o que a levou a concluir que não o atraía fisicamente.

O silêncio se instalou, acompanhado apenas pelo barulho das ondas nas pedras, o murmúrio da música da festa misturado às vozes indistintas, os ruídos do mato. Júlia não teve coragem de falar novamente. Com o canto do olho, percebeu que ele se endireitou e desencostou do parapeito. Pensou que ia embora.

Ouviu quando ele tirou algo do bolso, depois estendeu um maço de cigarros em sua direção.

– Não, obrigada – Júlia murmurou.

Ele tirou as luvas antes de pegar um cigarro. Quando levou o isqueiro perto do rosto, a luz breve da chama o obrigou a apertar os olhos. Uma nuvem de fumaça com cheiro de tabaco se espalhou. Depois de guardar maço e isqueiro no bolso, ele se voltou para a floresta e apoiou as costas no parapeito. O olhou em direção à casa, iluminada como um farol no alto da colina. As luzes da trilha revelaram um pouco mais de seu rosto. Mas Júlia não teve tempo de olhar muito, pois ele se voltou e a encarou. Um vinco surgiu na testa antes de reaproximar o cigarro da boca. Seu silêncio parecia desafiá-la.

– Acho que estou te incomodando – Júlia conseguiu dizer, sabendo que se arrependeria depois, fazendo um movimento leve, como se fosse sair.

– Não, não está. A menos que queira voltar para a festa.

Ela parou e sorriu, tímida.

– Na verdade, eu estava meio que fugindo dela...

Ele ergueu as sobrancelhas. Pareceu que ia dizer alguma coisa, mas desistiu. Tornou a se debruçar no parapeito, a ponta do cigarro incandescendo cada vez que o levava à boca.

Júlia ficou tensa. Aquela não era uma conversa estimulante. Tocava Rolling Stones no salão e o som que os alcançava era abafado e repetitivo. O cheiro de nicotina a estava deixando enjoada. Retornou para perto da murada de madeira, reclinando-se ao lado dele.

Ele deu um último trago e jogou o cigarro na água.

– Eu estava esperando uns amigos que não apareceram – Júlia falou, vendo o ponto vermelho despencar e sumir na escuridão. – Ou, se apareceram, a gente se desencontrou no meio daquela multidão.

– Eles não ligaram, mandaram mensagem? – ele indagou.

Júlia encolheu os ombros.

– Meu celular está sem bateria. A menos que você tenha um carregador...

Ele tirou o próprio celular do bolso, apagado, e mostrou para ela com um riso irônico.

– Sem bateria e sem carregador. E eu não acredito em coincidências.

Ela sorriu, observando ele devolver o aparelho ao bolso do casaco. Depois, ele disse:

– Talvez eles tenham chegado, mas você não sabe por que está aqui.

– É, pode ser... – Júlia respondeu, sem saber se era uma indireta para que saísse. – Você também está fugindo da festa? – arriscou.

Uma nuvem sombreou seus olhos. Desta vez ele tentou sorrir, mas não conseguiu.

– Eu não vim para a festa.

Depois de uma pausa breve, o olhar novamente perdido na escuridão do mar e das pedras, ele completou.

– Estou de passagem. Eu não moro em Nova York.

– Ah – Júlia murmurou, decepcionada. Não o veria mais. – Pena – deixou escapar e sentiu um vermelho intenso tomar seu rosto inteiro. Não ousou olhar para ele, que se virou para observá-la, pois ficaria ainda mais sem graça.

– Há quanto tempo você mora aqui? – ele indagou.

Ainda sem olhar para ele, disse:

– Dois anos. Estou terminando meu mestrado.

O silêncio prolongado dele a fez erguer os olhos e encará-lo. Ele a observava intensamente, como se estudasse seu rosto. O vento despenteou o cabelo castanho-claro, jogou-o em sua testa, sem ele se importar. De repente, ele perguntou, num tom baixo, como se indagasse mais para si próprio do que para ela.

– Qual é o seu nome?

O vento subitamente cessou. Júlia ouviu o estalar da madeira sob seus pés quando ele se aproximou, o ruído suave da seda do forro do casaco em contato com a roupa. A pele quente da sua mão roçou no seu rosto quando ele afastou a cortina ondulada de cabelos.

Júlia fechou os olhos, instintivamente. Antes que pudesse responder, ele deu um passo à frente e sua boca macia, entreaberta, pressionou seus lábios com um gosto doce misturado ao tabaco.

O beijo não tinha pressa e ela se deixou ficar nele, sem compreender o motivo da iniciativa, sem ter percebido indícios de interesse. Avançava, quente e úmido, num encaixe perfeito e, quando se afastava, a obrigava a ir buscá-lo novamente.

Parou de pensar quando ele se colou a ela e, sem hesitar, seu corpo se moldou ao dele, registrando o calor dentro do casaco, a textura da camisa de linho preta, a tensão dos músculos, o perfume do pescoço. Sem se olharem, eles se entrelaçaram.

A boca dele desceu para explorar seu pescoço, o lóbulo da orelha, enquanto ela percorria a curva suave na base da coluna por baixo da camisa. A mão firme explorou seu seio, o mamilo rígido sob a lã fina do vestido, e ela não conseguiu conter um gemido baixo, rouco. Seus lábios registraram a pele levemente áspera do pescoço dele, recém-barbeada, a musculatura tensa, delineada.

Com um movimento firme, ele a ergueu sobre a murada e se encaixou entre suas pernas. Ergueu sua coxa, buscando a barra do vestido. Júlia enlaçou-o com a outra perna, agarrou a camisa dele com uma das mãos, enquanto a outra procurava a fivela do cinto, tentando desprendê-la.

Ele não deixou. Segurou sua mão com delicadeza e a afastou. Antes que ela conseguisse reagir, ele deslizou seus dedos para dentro de sua coxa. E hesitou por um momento, antes de avançar.

A urgência do desejo tomou as rédeas, irracional e jamais vivido daquela maneira, e Júlia conduziu o braço dele para que seus dedos encontrassem o que buscavam. A barreira da calcinha de algodão fina, inundada, foi afastada sem resistência. O toque experiente, sincopado, a deixou sem fôlego e a sensação de fogo foi escalando, subindo, cada vez mais intenso, até explodir e se expandir, em ondas, por todo o seu corpo.

Os dois se colaram ainda mais, o corpo dela ainda pulsando, as respirações ofegantes no pescoço um do outro, e ficaram assim até que o barulho das ondas retornou sobre as rochas do píer. Ele recolheu a mão, o rosto enterrado em seu pescoço, e a abraçou. Ela o enlaçou, enquanto ele a ajudava a descer do parapeito, as pernas bambas e fracas. Continuaram em silêncio enquanto se desatavam lentamente um do outro, como se cada movimento fosse uma imposição contrária à força do desejo que os unira.

As mãos dele subiram e seguraram o rosto e a nuca de Júlia com cuidado. Ele ergueu os olhos para ela. E, de repente, ela viu os mesmos olhos atormentados de antes. Foi como se ele tivesse se levantado do banco do jardim e a tomado nos braços, sem que nada tivesse acontecido nesse espaço de tempo. E ela entendeu que aquele tormento era uma dor profunda, enraizada, cristalizada.

Por um instante, Júlia se sentiu tomada pela necessidade de aliviar a dor que ele não podia compartilhar com ninguém. Quando olhou seu rosto de novo, viu que seus olhos eram verdes, claros como águas cristalinas. Beijou-os, depois seus lábios, para desfazer os vincos tensos ao redor da boca. Ele continuou respirando pesadamente. Ela percebeu que a ilusão do alívio que o encontro provocara nele era tão tola quanto a sua fantasia de que o amaria para sempre.

As mãos dele se infiltraram em seus cabelos.

– Qual é mesmo o seu nome? – ele perguntou, mas cobriu sua boca com os lábios outra vez e não a deixou responder. Seu corpo colou-se ao dela, apertando-a contra si como se precisasse preencher algo dentro dele mesmo, uma presença física, um pedaço arrancado.

O mar explodia com força nas pedras. Sentiu o coração dele acelerado através do tecido da camisa e, nas mãos, a energia desencadeada pela adrenalina. Percorreu mais uma vez os músculos delineados de suas costas, por dentro do casaco, querendo gravar suas formas. Foi quando ele aprumou o corpo e ergueu o rosto.

O brilho de caçador retornou aos seus olhos e trouxe Júlia de volta à realidade. A luz da casa no alto iluminou-o de perfil. O barulho da música tornou a alcançá-los, intensificando o silêncio entre os dois.

Ele passou a mão nos próprios cabelos, encarando o horizonte.
– Eu tenho de ir... ou perco o voo.
– Para onde?
Ele sorriu, triste. Olhou em volta, o vinco entre as sobrancelhas ainda mais acentuado, depois a encarou. Respirou fundo, antes de murmurar:
– Para casa.
Não disse mais nada. Nem ela disse nada quando ele deu dois passos para trás, ainda a encarando, e, em seguida, virou-se devagar e saiu. O tempo que ele levou para desaparecer na escuridão pareceu uma eternidade.

O vento continuou zunindo frio no mirante. O corpo dela ainda sentia os efeitos do toque dele, as pernas continuavam trêmulas, o coração batia descompassado. Tinha certeza de que não o veria nunca mais. Tinha certeza de que não era a mulher que ele beijara e tocara aquela noite. Ficou ali sozinha, incapaz de ir embora, como se ele fosse voltar de repente, a sensação do beijo presa nos lábios.

Virou-se para o mar. Ficou ali parada até a maré retroceder, as ondas já não alcançarem as pedras. Até a música diminuir e as luzes do jardim serem apagadas. Até o céu começar a clarear. Mas demoraria muito até o sol nascer.

CAPÍTULO 2

Enquanto tirava a mala da esteira, Júlia tentava lembrar os itens encomendados pela família para comprar no *freeshop*: o creme da mãe, caixa de uísque do pai, perfume e batom da irmã. Depois de ajeitar as malas e a bolsa no carrinho, partiu para as compras. Ao passar pela fila da alfândega, suspirou de desânimo: não sairia dali tão cedo.

Uma hora mais tarde, atravessou a porta do saguão e foi saudada pelo pai, Laerte, que a abraçou afetuosamente. Ele se curvou, a testa alta, a cabeça calva, os óculos de grau escorregando pelo nariz, e a beijou nas faces.

– Como foi a viagem, filha?

Júlia sorriu, exausta, satisfeita por estar no Rio e por rever aquele sujeito alto, cujos ombros curvados já tinham sido de um campeão de natação, e que se vestia de forma conservadora: o cardigã azul estava desabotoado sobre a camisa de tecido branca e a calça jeans larga. Deixou que ele empurrasse o carrinho, enquanto narrava os eventos desde a saída do campus da universidade, em Nova York, no dia anterior, até a escala em São Paulo.

Chovia no Rio. O trânsito para a zona sul estava lento, embora fosse manhã de domingo. Laerte deixou que a música clássica ocupasse o silêncio entre os dois. Júlia recostou a cabeça no banco. As pálpebras pesaram de sono pela noite mal dormida na cadeira do avião.

A mão dele se aproxima de seu rosto, roça de leve em sua pele. Os lábios tocam sua boca, se abrem. Os dedos se infiltram por dentro da calcinha...

Uma sensação quente se espalhou por seu ventre, invadiu o estômago. A lembrança provocou uma onda intensa de excitação em seu corpo e Júlia abriu os olhos, perturbada. *Por quê? Por que a beijou, a tocou e depois saiu daquele jeito?* Agora sabia quem ele era e a razão daqueles olhos incandescentes, atormentados, mas o motivo da aproximação permanecia um mistério.

Júlia encontrara os amigos no dia seguinte à festa, na universidade. Chegara de manhã, depois de gastar uma fortuna de táxi para voltar a Manhattan. Os três tomavam café num barzinho, onde ela pretendia comer após ter dormido algumas horas. Joaquim, Liana e Nando conversavam no interior aquecido do bar e a saudaram com entusiasmo.

Depois da bronca inicial e da surpresa ao descobrir que os três *tinham* ido à festa – *ela é* que tinha "dado o bolo" neles e não respondera a nenhum tipo de contato pelo celular – ouviu a principal fofoca da noite: a chegada inesperada do herdeiro da mansão: um brasileiro chamado Matheus Michaelis.

Matheus havia sido casado com uma americana de família tradicional, dona de uma rede de lojas, que morrera junto com o filho de seis anos do casal em um acidente de avião, há quatro anos. Segundo Liana, cuja mãe era amiga da família da mulher de Matheus, ele decidira vender a propriedade e enfrentava a ira dos pais dela, que consideravam a decisão um insulto à memória da filha.

Júlia lembrou-se da discussão que presenciara no jardim. As informações fornecidas pelos amigos eram coerentes com o clima de tensão que percebera. Os detalhes da narrativa contribuíam para consolidar a imagem que tinha dele, formar uma ideia mais clara e cada fragmento de informação intensificava seu interesse.

Seu pai estacionou o carro na garagem do prédio, interrompendo o devaneio. O porteiro os ajudou a levar as malas para o apartamento. A mãe de Júlia, Solange, ao contrário do pai, era uma mulher jovial, alegre e falante, que abraçou a filha indagando se havia conseguido encontrar o tal creme "milagroso".

Os retornos de Júlia para curtos períodos de férias no Brasil já não eram novidade após dois anos de estudo nos Estados Unidos. A irmã, Patrícia, surgiu na sala de biquíni e canga, deu-lhe um beijo, agarrou a sacola onde confirmou estar o batom, largou-a em seguida, e saiu para a praia, agradecendo e correndo na direção da porta ao mesmo tempo, o chinelo estalando no sinteco.

Júlia conversou um pouco com os pais sobre a defesa da tese, marcada para meados de fevereiro, e da sua rotina de vida em Nova York. Depois do almoço, foi para o quarto da irmã, tomar banho e descansar. Tinha uma lista de coisas para fazer naquelas duas semanas de descanso que englobavam Natal e Ano-Novo: além dos festejos obrigatórios na família, tinha de rever os amigos, começar a fazer contatos de trabalho para quando terminasse o mestrado e revisar o plano de defesa da tese.

O banho a ajudou a relaxar. Deitou no travesseiro, os cabelos molhados, tentando desacelerar a agitação dos pensamentos. Mas a imagem daquele homem retornou com toda força. Era como se a sensação da sua presença a envolvesse inteira. Tornou a sentir seus braços, seus dedos, sua boca, o calor dentro do casaco preto, seu cheiro...

– *Matheus* – sussurrou, revendo aquele rosto marcado pelas sombras do mirante. Relembrou o movimento súbito do beijo, os músculos rígidos das costas, a voz grave perguntando seu nome e a boca cobrindo a sua, como se não quisesse ouvi-lo. Não dissera seu nome. Não dissera nada.

***

Júlia despertou com a entrada intempestiva da irmã no quarto, mas fingiu continuar dormindo. A jovem de vinte e dois anos tinha os cabelos castanho-claros, lisos, a pele branca muito vermelha de sol e os olhos cor-de-mel. Era alta e magra – o oposto de Júlia, que era morena, com cabelos castanho-escuros ondulados, olhos castanhos, baixa e com um corpo arredondado. Cada uma puxara um lado da família, de acordo com os pais. A diferença de oito anos de idade já fora mais acentuada, mas hoje ficava evidente menos pelas características físicas do que pelo temperamento.

Patrícia sentou na cama com o biquíni molhado e sacudiu a irmã.

– E aí, conta. E o Joaquim? Ele vem? Conta! Ele está com alguém?

– Me deixa dormir, criatura – murmurou Júlia, cobrindo o rosto com o braço.

A excitação da jovem fazia a cama inteira balançar.

– São seis e meia da tarde, preguiçosa. A Liana ligou. Cadê meu perfume? E o Joaquim? Eles vêm pro Natal?

– Ai, que saco! – exclamou Júlia, sentando na cama, irritada. – Me deixa! O que você quer com o Joaquim, pirralha? Cadê seu namorado?

Patrícia deu os ombros:

– Namorado nada. A gente fica, só isso. Mas conta do Joaquim. Ele está com alguém? Ele vem?

Júlia sabia que havia algo potencialmente perigoso entre aqueles dois: Joaquim era um típico solteirão, de trinta e cinco anos, e Patrícia adorava um desafio.

– Esquece, Pati. Tem um monte de mulheres atrás dele. Ele é irresistível com aquela cara de garoto pedindo colo. Me admira você! Ele é uma roubada: enrola, enrola e não se compromete com ninguém.

– Não estou pedindo a sua opinião – Patrícia retrucou, levantando e deixando a marca do biquíni molhado no lençol. Entrou no banheiro e abriu o chuveiro. – Não vem não que você também já teve a sua quedinha por ele – disse, a voz abafada pelo barulho da água no piso. – Eu só quero saber se ele está envolvido com alguém agora. Só isso.

– Sei lá – disse Júlia, se espreguiçando na cama. – Tem uma garota que volta e meia está com ele no refeitório. Pergunta pra Liana. Ela é quem sabe essas coisas.

– Ele vem, afinal? – ouviu a irmã indagar, de dentro do chuveiro, enquanto jogava uma água no rosto.

– Vem. Satisfeita?

Patrícia fez um ruído de satisfação e Júlia ficou rindo consigo mesma. O desprendimento da irmã era invejável. Entrava e saía das relações (aparentemente) ilesa. Divertia-se. Corria atrás do que queria. Conquistava os homens com facilidade e os dispensava com a mesma facilidade.

Júlia se inquietava com seu comportamento superficial, mas admirava sua franqueza. Já discutira muito com ela por causa disso, quando tentava incutir algum senso de responsabilidade na jovem. Hoje estava convencida de que somente quando encontrasse alguém por quem se apaixonasse de verdade – se é que isso iria acontecer algum dia – ela aquietaria.

A porta do box se abriu. Patrícia puxou a toalha para se enxugar.

– E você, Ju? Alguém em vista?

Júlia voltou para o quarto. Abriu a mala para trocar de roupa.

– Não. Não tenho tempo pra nada, muito menos para namorar – respondeu, ocupada em encontrar a melhor combinação de blusa para a calça jeans que colocou de lado.

– Vai dizer que não pintou ninguém nesses dois anos? Ninguém que tenha sido digno da sua atenção – a irmã indagou – ...que tenha merecido um olhar mais atento...

– Não enche, Patrícia.

– O Otávio vem amanhã.

– E eu com isso?

– Ele está de namorada nova, sabia?

Júlia namorara Otávio até a véspera da viagem para os Estados Unidos. Terminara com ele quando percebeu que ele queria casar e ela não.

– E eu com isso? – repetiu, impaciente, separando uma blusa de malha vermelha, fresquinha, e arrancando a camisola pela cabeça.

– Tenho certeza que ele ainda gosta de você – Patrícia insistiu. – Todo mundo achava que vocês iam casar.

– Todo mundo, menos eu. Dá pra encerrar o assunto?

– Você é tão seletiva que vai acabar sozinha! – sentenciou, pela enésima vez.

Júlia terminou de se vestir e foi para a sala, onde encontrou a mãe e o pai. Juntou-se a eles na organização das louças para o almoço que costumavam oferecer para a família na véspera do Natal. Era uma movimentação gostosa, acolhedora, que tornava sempre difícil a partida de volta para a América.

* * *

Os familiares chegavam em hordas. Traziam travessas com pratos quentes e sobremesas; sacolas plásticas que faziam muito barulho; crianças no colo, no carrinho ou soltas, correndo para perto da árvore de Natal, cuja altura beirava o teto.

Júlia observava a constituição patriarcal da família e podia contar um número enorme de estereótipos reunidos num único espaço. Era como se a congregação familiar despertasse nos indivíduos essa atuação inconsciente e cada um assumisse o seu "personagem" naquele núcleo: o que bebe demais, a que expõe os segredos, o que prefere se isolar, o que chega muito atrasado, aquela a quem todos criticam, o dono da verdade... Era fascinante.

A chegada de Liana e Joaquim desviou sua atenção dos agrupamentos que haviam se formado nos cômodos. Foi até a porta recebê-los. Nando havia ficado em Nova York, pois não podia abandonar sua pesquisa ainda que por alguns dias. Ele e Liana moravam juntos num pequeno apartamento perto do campus, onde estudavam Biotecnologia. Liana colocou alguns pacotes de presentes em baixo da árvore de Natal.

– O Nando mandou um beijão pra vocês – disse, simpática. Deixou a sacola perto da porta e foi em direção à cozinha. – Deixa eu colocar isso lá dentro – murmurou, referindo-se aos ovos moles, a sobremesa mais esperada desde que Liana começara a frequentar a festa.

Júlia agradeceu, abrindo espaço para que entrassem e segurando a garrafa de vinho branco que Joaquim passou para as suas mãos, murmurando um – *E aí?* – desinteressado e beijando-a enquanto esquadrinhava a sala, procurando alguém.

– Segura a onda, Joaquim – Júlia reclamou, brincando. – A Patrícia tá lá dentro.

Ele se voltou para ela, o sorriso escondido nos lábios, como se não soubesse do que estava falando. A barba por fazer, um cabelo preto com cachos leves que caíam sobre suas faces, e pálidos olhos azuis. Joaquim tinha um ar de desamparo que contrastava com o porte másculo, a constituição física robusta, com uma musculatura marcada sem exagero. Era um ímã para as mulheres, sobretudo porque falava baixo, quase rouco, e dizia tudo o que queriam ouvir. Até o dia que cansava – o que, para a maioria delas, era sempre cedo demais.

Suas duas tias-avós sussurraram, rindo, quando ele entrou, vestindo uma bermuda comprida verde-exército e uma camiseta preta de malha, deixando o físico mais exposto do que costumava durante o inverno nova-iorquino.

Liana retornou e pegou Júlia pela mão. Joaquim havia rumado discretamente para o interior do apartamento. As duas foram para a varanda.

– O Otávio estava lá na cozinha... com uma garota! Você viu?

O humor de Júlia mudou à menção do antigo namorado.

– Não, não vi. Caramba, achei que só precisava aturar isso aqui em casa.

– Você sabe quem ele está namorando?

– Liana, desde quando eu quero saber com quem o Otávio anda?

– A excitação de Liana tão intensa que fazia seu rosto reluzir.

– Lembra daquele cara da festa lá em Nova York?

O estômago de Júlia se contorceu. Quase gaguejou, mas conseguiu manter a postura.

– Que cara?

– Aquele que apareceu lá e a gente pensou que ele ia colocar todo mundo porta afora? O Matheus Michaelis? Lembra? Eu te falei dele.

Júlia assentiu com a cabeça, a garganta subitamente seca.

– Lembro.

– Pois é. A minha mãe...

– É amiga da família da esposa dele, que faleceu – completou, interrompendo a amiga.

Liana se aproximou mais e segurou seu braço, como se fosse lhe confidenciar um segredo de Estado.

– Então. Essa menina que está com o Otávio é a irmã mais nova dele.

O queixo de Júlia caiu. Era o cúmulo da coincidência. Como a irmã daquele homem podia estar dentro da sua casa, namorando o seu ex-namorado?!

– Não é uma loucura? Essa menina não deve ter nem dezoito anos! O que um homem como o Otávio quer com uma garotinha?

Aliás, a família Michaelis não se prima pelo equilíbrio. Você viu o tipo? Cheia de *piercings* na cara, tatuagens, magra que nem um caniço! O Matheus não fica atrás.

Liana não percebeu que o ar catatônico de Júlia tinha outro motivo. Sem conseguir articular nada que fizesse sentido, apenas murmurou:

– Como assim?

– Ah Júlia, o cara pirou. Imagina, colocar a mansão à venda. Sabe há quanto tempo a casa está na família da mulher dele? Praticamente desde que os ingleses chegaram aos Estados Unidos. O pai deixou a casa de herança para ela e a casa do Maine para a irmã – que aliás, é uma mansão histórica ainda maior, diga-se de passagem – mas obviamente, não imaginava que a filha fosse deixar tudo em testamento para o marido.

O volume de informações começou a deixar Júlia atordoada. Os detalhes sobre a vida dele eram perturbadores.

– Espera, Liana. Ele não se dá bem com a família da mulher dele?

– Aí é que está. Ele se dava *muito bem* com a família da moça até o dia que resolveu vender a casa. Aí criou uma celeuma monumental. Mas a irmã continua do lado dele. Bem, ela gosta dele.

Dessa vez, Júlia gaguejou. Aquela era uma informação nova muito importante.

– E... Ela quem? A cunhada?

– Você viu o Matheus na festa, afinal?

– Não... – Júlia mentiu. Não estava disposta a contar o episódio para a amiga depois de tudo o que ouviu. Seria metralhada com perguntas.

– Bem, ele chegou para falar com ela, que havia cedido a casa ao Consulado, pois é amiga da consulesa, e, bem, eu pensei que a coisa ia esquentar. Parece que ele não autorizou a festa e só ficou sabendo dela naquele dia, quando estava voltando aqui para o Brasil. Ele e a cunhada foram para o jardim e ninguém sabe o que rolou. Sei que ele sumiu, e a cara da cunhada era de enterro.

Júlia continuou sem entender a relação de uma coisa com a outra. Mas não precisou perguntar.

– Minha mãe me contou que a Nathalie, a tal cunhada – Liana prosseguiu – ficou do lado dele desde a morte da irmã. Ele pirou quando aconteceu a tragédia, mas a família é muito discreta e evita comentar. Parece que ficou mal mesmo. Também, não é pra menos, perder a mulher e o filho... coitado. Dizem que a cunhada ajudou muito. Ela tem dois filhos que ele adora, e os três são vistos juntos com frequência. Mas, aparentemente, apenas como amigos. Se é que isso é possível – completou, com um toque maldoso na voz.

Joaquim surgiu por trás das duas com um copo de cerveja na mão e sentou-se numa das cadeiras da varanda à volta da mesa redonda. Depois se recostou confortavelmente.

– O que vocês estão fofocando?

Liana puxou outra cadeira e sentou ao seu lado.

– O Otávio, ex da Júlia, está aqui com a irmã do Matheus Michaelis. Dá pra acreditar?

Joaquim fez cara de quem não estava entendendo nada. Em seguida, arregalou os olhos.

– Do dono da mansão? Aquele da festa? – exclamou. Depois, balançou a cabeça, com ar de admiração. – Se deu bem. Ela é bonitinha?

As duas suspiraram impacientes, ao mesmo tempo.

– Se deu bem por quê? – indagou Liana, sentando-se ao lado do amigo.

– O cara é milionário. A irmã também deve ser.

Liana o encarou, com um ar malicioso.

– E você? Encontrou quem estava procurando?

Joaquim sorriu.

– Eu não estava procurando ninguém.

Mas seu olhar desviou para a porta da varanda, atraídos por uma figura esguia que se postou sedutoramente em frente a Júlia, num vestido amarelo leve, curto, e falou:

– A mãe está te chamando na cozinha. – Depois se virou para as duas pessoas sentadas nas cadeiras e fez um ar de surpresa nitidamente artificial. – Joaquim! Que bom que você veio! Oi Liana, tudo bem?

Os dois cumprimentaram Patrícia. Júlia os deixou para atender ao chamado da mãe, a cabeça fervilhando. *Quer dizer, então, que ele namora a cunhada?* A tal da Nathalie só podia ser aquela mulher de vermelho que vira no jardim. Imediatamente, começou a procurar Otávio na sala, que estava meio vazia, já que os convidados haviam se espalhado pelos quartos. *Como seria a irmã dele?*, ponderou.

A cozinha estava movimentada. Duas tias maternas se acotovelavam junto ao fogão, enquanto as outras duas arrumavam os pratos na copa. Sua mãe tirou uma travessa da geladeira e colocou sobre o aparador.

– Júlia, avisa à Regina que não precisa trazer o *réchaud*.

Regina era sua tia paterna mais velha, que costumava trazer o bacalhau. No mesmo instante, ouviu uma voz familiar atrás de si.

– Oi Júlia.

Voltou-se e se deparou com Otávio ao lado de uma menina coberta de *piercings*, os cabelos curtos, pretos, parcialmente tingidos de rosa-choque, muito magra e com extraordinários olhos verdes. A expressão inquisitiva era idêntica e reconheceu Matheus naqueles olhos.

– Oi... – murmurou, atônita. – Legal você ter vindo – completou.

Otávio apresentou a jovem Luciana como amiga e as duas se cumprimentaram. Ela sorriu e cada detalhe do seu rosto pareceu esconder uma semelhança com o irmão. Encarou-a intensamente.

– Oi Luciana. É um prazer. Obrigada por ter vindo. Fique à vontade – disse, simpática.

– Eu é que agradeço por terem me recebido. Sua casa é muito bonita. Posso ajudar em alguma coisa?

Júlia simpatizou imediatamente com ela. Tinha algo doce atrás daquela maquiagem pesada e dos metais incrustados nas sobrancelhas, orelhas e nariz.

– Não se preocupe. Aproveita e relaxa. Quer beber alguma coisa?

– Viemos só dar um beijo. Não podemos ficar – interferiu Otávio, fazendo-se presente depois de ter sido esquecido momentaneamente por Júlia. – Tenho de embarcar para São Paulo e a ponte aérea vai estar uma loucura.

– Pena – murmurou. Queria continuar puxando conversa com Luciana quando ouviu a mãe exclamar, do interior da cozinha.

– Júlia! Ligou pra Regina?!

Júlia pediu licença sem tirar os olhos da jovem, que foi levada por Otávio para conhecer o resto da casa, e pegou o telefone, tentando não perdê-los de vista. Não conseguiu contatar a tia e foi logo puxada para dentro do quarto onde estavam Patrícia e as primas numa excitação que beirava a histeria por causa de Joaquim. Quando voltou para a sala, não os encontrou mais.

Juntou-se novamente aos amigos, envolvidos em um debate sobre a atual política do governo de proteção aos recursos naturais brasileiros. Aquele tipo de discussão era comum entre os dois, que tinham posturas muito pouco flexíveis quando se tratava de suas paixões acadêmicas. Joaquim era um ambientalista ferrenho e Liana tinha uma visão pragmática e política das coisas. Júlia, por sua vez, fazia parte do grupo que procurava o consenso e, sem sucesso, acabava se retirando da conversa.

Naquele momento, no entanto, ela só conseguia pensar em Matheus. Comparava as imagens que tinha na memória com as recém-adquiridas da irmã. Seu peito queimava de ansiedade por não ter conseguido conhecê-la mais. Ponderava sobre cada informação que Liana trouxera. O fato de estar namorando a cunhada – já considerava isso fato –, despertava ainda maiores dúvidas sobre o porquê de ele tê-la beijado naquela noite. Ao mesmo tempo, sentia-se ridícula por dar tanta importância a um evento que ele, certamente, já havia esquecido.

Seu olhar perdido, por fim, chamou a atenção dos amigos, que pararam de discutir, intrigados. Mas logo foram convocados à mesa e Júlia se viu obrigada a se distrair com o fogo cruzado de piadas, comentários, fofocas e intrigas produzido pela família durante o almoço.

CAPÍTULO 3

A peregrinação de Natal só terminou no dia 27, quando Júlia conseguiu ficar em casa e ajudar a mãe a guardar a louça de volta nos armários. A sucessão de almoços, ceias, visitas rápidas aqui e ali e "enterros de ossos" finalmente encerrara, deixando um saldo de presentes e reencontros com primos que não via há mais de dois anos.

A semana de descanso que antecedia o Ano-Novo era muito bem-vinda, pensou, enquanto enfiava o *laptop* de volta na mala. Pelo menos naqueles dias, não iria tocar no computador, ler nenhum artigo, nenhum parágrafo da tese. Na manhã seguinte, bem cedo, iria à praia recuperar um pouco do bronzeado que perdera.

O telefone tocou e logo a mãe chamou seu nome, batendo de leve na porta do quarto. Era Liana. Atendeu, sentando-se de pernas cruzadas na cama e tirando o som da televisão.

– Oi. E aí?

– Seguinte: o que você vai fazer no *Réveillon*? Ainda pretende passar a noite com os teus pais e depois dormir, como me disse ontem?

Isso era, de fato, o que tinha em mente. Estava cansada da agitação do Natal.

– Exatamente.

– Bem, pode preparar uma roupinha bem legal. Tem uma festa imperdível na Av. Atlântica e eu já avisei que você vai.

Júlia torceu o nariz.

– Como assim, já avisou que eu vou? Ah Liana, chega de festa. Fui a trinta festas nesses últimos três dias – exagerou.

– Olha, há um ano a gente não se diverte. Vai ter dança, boca-livre e uma vista privilegiada dos fogos de Copacabana.

– Liana, estou exausta. Não é você quem vai defender tese daqui há um mês.

– Sim, no mês que vem, não na semana que vem. Vou confirmar sua presença – sentenciou.

– Espera! A festa é de quem, pelo menos? Tem que levar alguma coisa?

– Não tem que levar nada. É daquela amiga da minha mãe que organizou a festa do consulado, em Nova York.

A informação foi suficiente para transformar a disposição de Júlia.

– A mãe da mulher daquele cara... – arriscou, curiosa.

– É. Bom. E hoje, vai fazer o quê? Vamos ao cinema? O Joaquim está querendo ir ver o filme novo da Anna Muylaert. Topa?

Júlia topou. Não quis perguntar mais detalhes sobre a festa para não alimentar expectativas nem despertar suspeitas. Seria ótimo passar um final de ano animado com os amigos. Além disso, quem sabe conseguiria obter mais informações sobre Matheus?

Patrícia entrou no quarto de forma intempestiva, como de costume, e bateu a porta atrás de si. Depois, se trancou no banheiro sem lhe dirigir o olhar ou a palavra.

– Pati, o que foi?

– Nada! – ouviu a outra gritar, através da porta.

A água do chuveiro atingiu o chão com força. Júlia se levantou para trocar de roupa. Precisava encontrar os amigos em uma hora e meia. Patrícia retornou ao quarto depois do banho, os cabelos molhados, enrolada na toalha. Começou a se vestir também.

– Me empresta aquela blusa preta transparente que você trouxe dos Estados Unidos? – solicitou, ainda de mau humor.

Júlia foi até o nicho de armário que a irmã havia separado para ela e localizou a peça.

– Toma. Que cara é essa?

Patrícia colocou um top e vestiu a blusa por cima, que ficou ligeiramente larga nela, mas caiu bem.

– Nada. Dispensei aquele cara com quem eu tava ficando. É sempre chato. Ele chorou... – disse, revirando os olhos, impaciente. – Um *mico*!

Júlia respirou fundo, contendo a censura.

– Coitado, Patrícia. Vai ver ele estava gostando de você.

– Sei – retrucou, com desdém. – Gostando nada. Ele ficou com duas amigas minhas enquanto estava comigo.

– Provavelmente porque achava que você não estava levando o relacionamento a sério – Júlia concluiu. – O que é verdade.

Patrícia enfiou-se numa calça preta justa, moldando ainda mais seu corpo bem feito, passou um pente nos cabelos e jogou a cabeça para frente e para trás, para despenteá-los um pouco, antes de responder.

– Eu sempre deixei claro que a gente não estava namorando. Não pedi para ele se envolver.

Júlia continuou se arrumando, sem intenção de continuar a argumentar com a irmã.

– Aonde você vai? – ela indagou, ao perceber que se aprontava para sair.

– Ao cinema com a Liana e o Joaquim.

Os olhos claros de Patrícia brilharam.

– Posso ir com vocês?

– Pode – respondeu. Olhou-se no espelho para prender parte dos cabelos volumosos, ondulados, ajeitando, em seguida, as mechas que caíam sobre os ombros. – Me diz uma coisa: está rolando alguma coisa entre você e o Joaquim?

Patrícia sorriu, com um toque irônico.

– Quem dera. A que horas a gente vai?

– Oito.

Júlia acabou rindo do longo silêncio que se estabeleceu. Antes que Patrícia saísse de novo do quarto, indagou:

– Não vai nem perguntar que filme nós vamos assistir?

**

A sessão de cinema terminou às dez e os quatro saíram para tomar chope. Na volta para casa, Patrícia ficou na casa de Joaquim. A intenção do casal era óbvia e a química entre eles, também. Embora se preocupasse com os dois, Júlia não tinha como interferir naquele nascente relacionamento, que só poderia acabar mal. Joaquim jamais se envolveria com alguém jovem e superficial como Patrícia; já a irmã não suportaria a inconstância de Joaquim por muito tempo. Resignou-se, imaginando que a atração física entre os dois se esgotaria nas primeiras noites juntos e se dissiparia antes que Joaquim retornasse para os Estados Unidos, onde tinha mais um ano pela frente para concluir seu doutorado.

Acompanhou as idas e vindas do recém-formado casal sem se intrometer, vendo Patrícia voltar para casa de madrugada e ouvindo algo dos telefonemas sussurrados entre os dois. Mas como decidira se desligar de todas as preocupações naquela semana, aproveitou os dias ensolarados do final de dezembro para ir à praia, dormir e ver televisão.

* * *

Na noite do dia 31, checou a pele do rosto, vermelha de sol apesar do potente filtro solar que passara. A roupa que usaria na festa era cor de pérola, o que ressaltava o tom bronzeado dos braços. A frente única deixava a marca do biquíni aparente nas costas nuas e a saia de seda, pintada à mão, tinha uma variedade de tons alaranjados na barra, comprida até os pés. A sandália de salto alto combinava com o estilo leve do conjunto.

O bronzeado impedia o uso de maquiagem além de um delineador de olhos, rímel e um batom claro. Mirou-se no espelho, satisfeita. Já eram dez e quinze, hora que Liana ficara de encontrá-la em sua casa para caminharem pela orla de Ipanema até o local da festa, já que era proibido transitar de carro por Copacabana àquela hora. Seus pais já haviam saído para outro jantar, também na Av. Atlântica, e Patrícia e Joaquim tinham combinado de encontrá-las na festa depois da meia-noite.

A multidão seguia como numa procissão, vestida de branco, carregando garrafas de champanhe, latas de cerveja, copos e taças. Todos os prédios estavam iluminados, as janelas piscando luzes coloridas, com pessoas debruçadas nos parapeitos ou recostadas nas varandas.

Subiram à cobertura do prédio, onde foram recebidas pelos convidados que se encontravam perto da porta. O apartamento tríplex tinha um jirau dentro da sala de estar que levava ao segundo pavimento e à varanda. Liana localizou sua mãe e cumprimentaram a anfitriã: a sogra de Matheus. Ela era esguia, os cabelos castanho-claros presos em um coque, os traços delicados, a pele suave sob a maquiagem leve. Os lábios cheios, em formato de coração, traziam marcas que ela não tentava encobrir. Os olhos azuis tinham uma expressão quase triste, mas brilhavam, e faziam seu rosto se acender.

Júlia não conseguiu tirar os olhos dela enquanto eram apresentadas nem depois que se afastou, pedindo licença num português fluente com sotaque americano. Liana puxou-a pelo braço para lhe mostrar o apartamento. Os móveis enormes, claros, formavam dois ambientes distintos no primeiro andar. Um janelão de vidro revelava a vista da praia de Copacabana e do Leme. No segundo andar, mesas redondas ocupavam a varanda, ornamentadas com velas e detalhes de prata. Não teve tempo de observar os arranjos, pois foi carregada ao terceiro pavimento, onde se localizava a piscina. Ficou ainda mais impressionada.

— Não é demais? — indagou a amiga, aproximando-se do balaústre de vidro.

Júlia assentiu, sentindo um vento frio nas costas que a fez ficar arrepiada. Um garçom lhe ofereceu uma taça de vinho. Liana puxou uma das cadeiras à volta da piscina e sentou-se, depositando sua taça sobre a mesa. Júlia fez o mesmo.

— Quem mais vem?

— Tua irmã e o Joaquim. Mas eles vão chegar mais tarde, depois da meia-noite. Até lá o clima aqui deve ficar mais para *família* do que para *festão*. Depois é que vai esquentar.

— A Sra. Anderson é a sogra daquele Matheus, de Nova York? — murmurou, com displicência, para disfarçar o rubor que lhe subiu às faces. Tomou um gole do vinho para aplacar a queimação que a adrenalina provocou em seu estômago.

Liana não percebeu.

— É. Ela é mãe da Carrie, a esposa dele que morreu.

— Você acha que ele vem? — perguntou, com um fio de voz. Seu coração, como o de uma adolescente, estava disparado.

— Quem, o Matheus? Não. Claro que não. Deve estar em algum canto do mundo a essa hora. Mamãe falou que ele nunca mais passou as festas de Natal e Ano-Novo com a família da mulher depois que ela morreu.

Júlia respirou fundo, desapontada. Estava se arriscando demais ao fazer tantas perguntas. Evitara o assunto ao máximo, mas a ansiedade que um possível encontro gerava estava sendo demais para suportar calada.

Olhou em volta a paisagem, levando mais uma vez a taça à boca, deixando que o vinho tocasse seus lábios, sem chegar a beber.

— Que horas são?

Liana checou o relógio.

— Onze e quarenta.

Algumas pessoas adentraram a piscina e puderam ouvir suas exclamações de admiração. Em dez minutos, o local estava tomado de casais e amigos, todos buscando os melhores lugares para apreciarem o espetáculo de fogos de artifício que aconteceria em breve.

Não demorou para que o entorno da piscina ficasse tomado. Logo a festa inteira estava ali, olhando para o céu, na expectativa do romper do ano. Algumas pessoas checavam os relógios, outras aguardavam as primeiras explosões. O som de algum aparelho de televisão, que ela não conseguiu localizar de onde vinha, transmitia a narração do repórter de uma emissora sobre a festa que congregava mais de um milhão de pessoas.

Cinco para meia-noite, Júlia e Liana foram para a beira da sacada ver a onda branca que ocupava cada centímetro da praia. Intimidada com a altura, Júlia recuou o corpo. Liana sacou o celular.

— Prometi ligar pro Nando — exclamou, de repente.

– Manda um beijo para ele.

A amiga assentiu e apertou o aparelho contra a orelha, tapando o outro ouvido com a mão. Afastou-se para poder falar com o namorado. Júlia se voltou para a praia, aguardando, junto com todos os outros convidados, o início dos fogos.

Liana retornou para lhe dar um abraço e desejar feliz Ano Novo assim que as primeiras garrafas de champanhe explodiram. Houve um alvoroço à sua volta, as pessoas gritavam e se cumprimentavam efusivamente; o colorido que iluminou o céu capturou a atenção de todos.

Durante vinte minutos, ouviu-se apenas o barulho ensurdecedor das explosões dos fogos e as exclamações de admiração ao redor. A mãe de Liana surgiu para abraçá-las e sumiu em seguida, atrás de três amigas que já seguiam o ritmo do *rock & roll* que acabara de ser acionado no andar de baixo.

Liana espalmou a mão na testa e exclamou:

– Caramba, esqueci de ligar para o Joaquim. Ele não tem o endereço. Fiquei de passar o número do prédio – continuou, abrindo novamente o pequeno aparelho. – Droga. O sinal tá fraco. Vou ver se pega lá na sala – falou para si mesma enquanto contornava a mesa rumo à escada de acesso.

Júlia a seguiu. Desceram as escadas e, antes de alcançarem o pavimento abaixo, uma figura masculina se destacou no primeiro andar. Suspendeu a respiração, as mãos ficaram instantaneamente geladas.

– *Sorry, Grace, we didn't make it* – ouviu, em inglês.

Do meio da escada, viu Matheus beijar a sogra carinhosamente, ao lado de Nathalie e de um menino de uns nove ou dez anos. Trazia nos braços uma menina que aparentava uns quatro.

Liana parou de descer ao perceber que Júlia se detivera, congelada, encarando fixamente o casal recém-chegado.

– Mas veja só quem apareceu! É o Matheus!

Liana continuou descendo, enquanto Júlia permaneceu onde estava, sem saber para que lado ir. Suas mãos úmidas agarravam o corrimão de metal frio. A menina disse algo e ele riu, baixou-a ao chão. Ela saiu saltitando para junto de outras crianças, enquanto o menino correu para dentro do apartamento.

Nathalie conversava com a mãe com seu jeito peculiar de marcar as frases com gestos afirmativos das mãos. Podia ouvi-la explicar, ainda em inglês, que o táxi os havia deixado no Leblon e tiveram que caminhar um bom pedaço até ali, que o trânsito estava caótico e que haviam passado a virada do ano na portaria do prédio.

A mãe acolhia o relato com um sorriso compreensivo. Matheus passou as mãos nos cabelos despenteados pelo vento e ajeitou a camisa branca, amarrotada por causa da criança, para fora da calça bege. Júlia o via do alto, de longe, e era como se fosse um homem diferente do que conhecera em Nova York. Ele sorria, desenvolto. Nenhum traço da tensão, nenhum sinal do tormento que transparecera naquela noite.

Perturbada demais para se aproximar, Júlia decidiu retornar para onde estava, na piscina. Lá desapareceria, misturada ao agrupamento que aumentara. Procurou um lugar no outro extremo da entrada, de onde podia monitorar a escada. Não queria que ele a visse e queria menos ainda vê-lo com a cunhada.

Subitamente, a música deixou de ser pano de fundo e se tornou um *rock* agitado. Alguém ligara as caixas de som à volta da piscina e casais se formaram para dançar.

Júlia se afastou para mais perto da sacada, apesar do medo de altura, o peito ardendo, ainda trêmula pela surpresa. Embora tivesse, no fundo, esperança de vê-lo, não pensou que isso aconteceria de fato. *Será que ele me reconheceria?*, pensou. Imaginou-o dançando com Nathalie e a graça da festa acabou na hora.

Voltou-se para o mar, para a praia salpicada de rodas de velas na areia. Podia ver barcos de oferendas flutuando ou virando sob uma onda mais forte. *Como iria encará-lo? O que diria, se cruzasse com ele?*

– Ainda não consegui saber seu nome – ouviu, ao seu lado.

O susto a fez se voltar com a mão no peito, o coração disparado. As pernas bambearam. Ele riu.

– Que surpresa te encontrar aqui – ele disse, diante da expressão atônita dela. Aprumou-se e lhe estendeu a mão. – Agora posso me apresentar direito. Matheus Michaelis. É um prazer.

Júlia sorriu também, nervosa. Ao apertar sua mão, uma corrente elétrica percorreu cada nervo do seu corpo.

– Júlia – murmurou, com uma certa falta de ar. Respirou fundo. – Ramos – completou.

Reparou que Matheus a encarava intensamente, os olhos claros brilhantes e aquela expressão de tigre diante da presa. Ele se apoiou de lado no balaústre e ficou de frente para ela.

– Reparou que a vista é a mesma?

Ela não conseguiu reagir com rapidez. A imagem dos dois se beijando, a lembrança de suas mãos em seu corpo, o encaixe perfeito entre eles, retornaram à sua mente num relâmpago, fazendo seu rosto inteiro enrubescer. Matheus percebeu o significado do rubor, pois um toque malicioso coloriu sua expressão.

– Acho que temos amigos em comum – ele disse, insistindo em manter a conversa informal, o que foi um alívio para Júlia, intimidada demais para ter presença de espírito.

– Sim... é... – gaguejou, já irritada consigo mesma pela falta de elegância. Assentiu afirmativamente – Sou amiga da Liana, filha da Sueli Fernandes, que é amiga da Sra. Anderson.

– Eu conheço a Sueli de nome – ele retrucou, simpático, depois mudou de assunto. – Espero que tenha encontrado seus amigos desta vez.

Júlia começou a relaxar.

– Desta vez eles estão aqui, com certeza. Conseguiu vender a casa?

Algo quase imperceptível, que teria passado despercebido se Júlia não tivesse presenciado aquela cena em Nova York, tensionou seu pescoço, o brilho no olhar esmaeceu. Ele desviou os olhos para o horizonte por alguns segundos, depois tornou a encará-la.

– Ainda não – murmurou, seco.

Se arrependimento matasse, Júlia teria caído fulminada naquele instante. *Que ideia é essa de perguntar sobre a casa?! Como pode ser estúpida a esse ponto?*

– Viu os fogos? – indagou, tentando disfarçar.

– Eu estava dentro do elevador quando começaram, mas ainda consegui ver o final.

– Foram lindos – murmurou, sabendo que aquele assunto não sustentaria a conversa. De repente, lembrou de algo interessante – Conheci sua irmã, a Luciana.

Matheus franziu as sobrancelhas, intrigado.

– Como? Onde?

– Ela é amiga de um amigo meu, o Otávio.

Um esboço de sorriso, um tanto irônico, surgiu em seus lábios, mas ele disfarçou.

– O atual namorado dela? – ele corrigiu. – De onde vocês se conhecem?

– Bem, nós já tivemos... quer dizer, ele já foi meu namorado – explicou, sentindo-se envergonhada sem saber direito por quê. – Nós terminamos quando fui para os Estados Unidos.

O sorriso irônico dele se expandiu, deixando Júlia com a desagradável impressão de que ia fazer um comentário sarcástico sobre o fato, mas se conteve.

– Por quê? Você não gosta do Otávio?

Matheus se aprumou novamente e aceitou uma taça de vinho que o garçom ofereceu. Júlia recusou a bebida.

– Não é isso – retrucou, educadamente. – Desculpe. Acho que os dois são muito... diferentes.

Júlia assentiu com a cabeça.

– É verdade. Confesso que fiquei um pouco surpresa quando vi a Luciana. Ela é bem jovem e o Otávio... bem, ele é um cara... – interrompeu-se, tentando escolher o melhor adjetivo – ... sério.

– Está insinuando que minha irmã não namoraria um homem sério?

O bronzeado que queimara seu nariz se tornou um vermelho intenso.

– Não! Não foi isso...

Ele riu. Inclinou-se um pouco mais na sua direção.

– Estou te provocando, Júlia Ramos.

O som de seu nome na voz dele a fez estremecer. Isso nunca acontecera antes. Quis parecer natural e responder à altura, mas não conseguiu articular nada inteligente. Ficou ali, diante dele, desejando ardentemente que ele a beijasse.

Ele também ficou sério. Os olhos verdes passearam pelo seu rosto e a mão ergueu-se na direção dele, mas parou, de repente, quando ambos ouviram um chamado feminino se aproximar.

– Matt! Matt?

Nathalie atravessou por entre os convidados, contornando-os delicadamente. Parou diante do casal, pedindo licença e se desculpando, em inglês, a respiração ofegante demais para a curta caminhada. Explicou que a sobrinha solicitava sua presença no quarto, para um beijo de boa noite.

Matheus assentiu e se voltou para Júlia.

– Eu já volto – disse, antes de sair, acompanhando a cunhada.

O afastamento dele, naquele instante, teve uma repercussão física. Júlia sentiu o peito apertado e se virou para o mar. Inspirou profundamente, tentando fazer o ar circular em seu corpo. Subitamente, um braço a envolveu pela cintura.

– O que você estava fazendo com o Matheus – indagou Liana.

Virou-se e viu que Liana, Joaquim e Patrícia a encaravam ansiosamente, aguardando a explicação.

– Estava rolando um *clima*ço – adicionou Joaquim.

Patrícia a olhou com um ar de surpresa, misturada à admiração. Mas Júlia não estava nem um pouco disposta a explicar nada a ninguém.

– Nós só estávamos conversando. Eu falei que conhecia a irmã dele. Só isso.

Liana estava excitadíssima.

– Você puxou esse papo com ele? Como foi? A gente veio te chamar pra dançar e você estava aqui, em um *tête-à-tête* com ele que quase tirou a Nathalie do sério...

A menção à cunhada fez aflorar uma irritação inesperada.

– Eu não estava *tête-à-tête* coisa nenhuma.

– A gente viu quando ela subiu procurando o Matheus e pegou vocês conversando. Pensei que ela ia ter um piripaque.

– *Pegou*? Como assim *pegou*? – Júlia retrucou, indignada.

Os primeiros acordes de *Satisfaction*, dos Rolling Stones, começaram a tocar. Ouviram-se urros de animação vindos da pista de dança. Joaquim e Patrícia apertaram mais o braço um ao redor do outro, entreolharam-se e saíram. Liana tentou puxar Júlia para ir com eles.

– Vamos dançar!

– Daqui a pouco – respondeu, se desvencilhando. Precisava de algo alcoólico, com urgência. Precisaria de muito champanhe para terminar a noite depois daquele encontro.

Não avistou garçons com bebidas por perto. Decidiu descer. Quem sabe se animaria se visse os amigos dançando? Matheus não retornaria. Nathalie não iria deixá-lo se afastar dela, se Liana estivesse certa.

O segundo pavimento estava ainda mais barulhento que a piscina. Luzes coloridas piscavam sobre a pista lotada, onde a pequena multidão se espremia e dançava num ritmo alucinado. Estava com a garganta seca e perseguiu um garçom pelas escadas até o primeiro andar. Conseguiu assegurar uma taça de champanhe quando estavam quase na cozinha e a tomou inteira, de uma vez só.

O interior do apartamento estava mais silencioso. Ia retornar para o salão quando notou Matheus recostado no batente da porta de um dos quartos. Podia ver suas costas, ao fundo do corredor. Ele fechou a porta, cuidadosamente. Em seguida, deu dois passos para trás e ficou parado, olhando para frente. Depois, apoiou uma das mãos na parede e abaixou a cabeça, colocando a outra mão sobre os olhos.

Júlia conteve o impulso de ir até ele. Era um momento íntimo, no qual não tinha o direito de interferir. Fez um movimento e o salto da sandália arranhou o chão, provocando um ruído alto. Matheus se ergueu e deparou com ela parada na entrada do corredor. Caminhou em sua direção com passos fortes, os olhos avermelhados.

– Eu preciso sair daqui – murmurou, rouco, pegando Júlia pela mão.

Rumaram para a saída, onde o elevador os esperava. Entraram. Júlia tinha uma sensação estranha, como se estivesse vivendo algo surreal. Ele se postou diante dela e apertou o botão de descida.

Antes que a porta se fechasse, alguém a segurou e um grupo de cinco pessoas entrou rindo, carregando garrafas e copos nas mãos. A acomodação de todos obrigou-os a se afastar. Matheus continuou a encará-la no meio daquela confusão de comentários, risos, cotovelos e tilintar de vidro.

Saíram para o calçadão e o ar úmido da praia, misturado à maresia, atingiu seu rosto. Matheus a levava pela mão através das pistas, sem que conseguisse reagir, deixando-se ir, feliz e, ao mesmo tempo, apreensiva, sabendo que ele estava abalado com alguma coisa que dizia respeito à família que perdera. Mas não queria pensar nisso. Queria se deixar levar.

Pararam no limite do calçadão com a areia, onde ela arrancou as sandálias, ele o sapato e rumaram até a beira da água sem dizer uma palavra.

Ao chegar ali, uma marola lambeu seus pés. Esperava que a água estivesse fria, mas não, estava morna. Matheus soltou sua mão e a envolveu pela cintura, trazendo seu corpo para o alto, grudando-se nela e beijando-a como a havia beijado em Nova York.

Desta vez, foi ele quem estremeceu. Apertou-a ainda com mais força contra si, depois a afastou, a respiração difícil, olhando para o mar.

– Da última vez que eu estive... – começou a dizer, mas não conseguiu terminar. Os olhos transbordaram. Afastou-se dela, passando as mãos no rosto. Tirou um maço de cigarros do bolso e acendeu um. Parecia estar fazendo um esforço enorme para se controlar.

Júlia ficou ao seu lado, em silêncio. Não havia nada que pudesse dizer para fazê-lo se sentir melhor. Andou mais um pouco, erguendo a saia, até sentir a água na altura dos tornozelos.

– Quando eu era criança, costumava mergulhar e furar sete ondas no *Réveillon*. Ainda que fossem sete marolas – falou, observando o mar calmo coberto de flores, lembrando-se de si mesma, garota, furando as ondas na noite de Ano-Novo. – Achava que teria sorte o ano inteiro e, se não mergulhasse, o ano seria horrível.

– Ainda acredita nisso? – ouviu-o indagar, atrás de si.

Ela riu.

– Bem, eu não tive como furar ondas no rio Hudson estes últimos dois anos.

– E foram horríveis?

Ela sentiu que ele havia se aproximado.

– Não. Foram ótimos.

– Ainda assim. Eu adoraria ver você mergulhar – ele disse, abraçando-a pelas costas.

Júlia virou-se e o beijou novamente. Queria passar o resto da vida com ele. Mas, mais uma vez, ele a afastou.

– Tenho que levar Nathalie e Thomas... Thomas é meu sobrinho e prometi levá-lo para a casa de um amigo. Se eu não for agora, ele vai me matar – falou, como se lhe devesse uma satisfação. – Jenny vai dormir aqui, com a avó.

Antes que pudesse falar qualquer coisa, ele continuou:

– Quero ver você amanhã.

Júlia não conseguiu conter o sorriso que se abriu em seu rosto.

– Eu também – murmurou. – Me liga.

Matheus enfiou a mão no bolso da calça.

– O celular ficou lá em cima. Você trouxe?

O celular de Júlia tinha ficado na bolsa, no quarto designado para bolsas e casacos.

– Qual é o número? – ele perguntou. Ela falou e ele o repetiu para si mesmo, como se o estivesse memorizando. – Pego você amanhã, às onze.

– Vai se lembrar do número? Quer gravar meu endereço de cabeça também? Vai que nossos celulares ficam sem bateria? – indagou, brincando. Ela lhe disse o endereço completo, com CEP e tudo, rindo, achando impossível alguém lembrar aquilo tudo de cabeça. Ele repetiu para si mesmo e a beijou de novo.

– Vamos subir?

Júlia assentiu. Os dois retornaram lentamente para o prédio. Assim que subiram, seu sobrinho o alcançou, reclamando do sumiço e insistindo que precisavam ir imediatamente. Matheus foi cercado pela família de sua cunhada, que se preparava para ir embora. Às vezes, lançava um olhar em sua direção. Júlia o observava de longe.

A festa acabou para ela no momento em que ele saiu e a porta se fechou.

CAPÍTULO 4

Subiam a estrada sinuosa da serra de Petrópolis para algum lugar que Matheus não revelou. Observava-o de perfil, falando sobre o trabalho como investidor financeiro para um banco americano, cuja filial brasileira se localizava no Rio. Havia solicitado a transferência há um ano para a cidade que ele considerava a mais bonita do mundo.

Júlia o observava, em silêncio, sentindo-se à vontade em apenas ouvir. O nariz reto e as sobrancelhas levemente arqueadas acentuavam sua expressão inquisitiva de perfil. Os cabelos castanho-claros, finos e levemente anelados, tinham reflexos dourados quando iluminados pela claridade. Só agora podia vê-lo com atenção, pois o olhava enquanto descrevia a responsabilidade que tinha sobre o capital alheio. Reparou o formato pontiagudo dos caninos, um deles mal posicionado sobre o incisivo. O conjunto de suas feições era, ao mesmo tempo, expressivo e masculino.

Ele dirigia devagar, contornando as curvas com calma. Raios de sol atravessavam as árvores ao longo da estrada, as pedras cinza-chumbo da encosta contrastavam com o céu azul. O orvalho ainda não secara sobre a encosta e alguns trechos ainda estavam úmidos. No alto da serra, a névoa fina deixava a atmosfera irreal, como num sonho.

Lembrou-se, de repente, que ele memorizara seu telefone e endereço com CEP e tudo e seria capaz de recitá-los naquele minuto se pedisse. Riu consigo mesma. Ele a olhou de lado, desconfiado.

– O que há de engraçado numa consultoria de investimento? – indagou, rindo.

– Nada... Você gosta do que faz?

Ele tornou a se concentrar na estrada.

– É só um trabalho.

– O que gostaria realmente de fazer hoje, se pudesse escolher?

Matheus demorou a responder, o olhar se perdeu na paisagem.

– Não sei – murmurou. Retraiu-se um pouco, mas, em seguida, indagou – Sobre o que é o seu mestrado?

– Literatura Comparada, na Universidade de Columbia – respondeu e contou sobre a tese que iria defender em breve, um estudo comparativo entre as literaturas femininas contemporâneas, brasileira e americana, e as questões de gênero envolvidas. Mas não queria prolongar o assunto acadêmico. Queria saber mais sobre a vida dele. No entanto, as reações de Matheus eram as de alguém ainda profundamente marcado e qualquer abordagem envolvia delicadeza e tato. – Que idade seus sobrinhos têm?

– O Thomas tem nove e a Jenny faz quatro neste final de semana – disse. Depois de avançar sua seleção de músicas de MPB para uma de Billie Holiday, Matheus mudou de assunto. – Quer dizer, então, que a Luciana está namorando o seu ex-namorado? Como a conheceu?

– Pode acreditar nessa coincidência? Ele levou ela lá em casa, para o almoço de Natal – explicou. – Namorei o Otávio quase cinco anos e ele ficou muito amigo da minha família. Ele é um cara legal.

– Um sujeito *sério*. – Matheus falou, irônico.

Júlia assentiu, retrucando no mesmo tom.

– Seríssimo. Confesso que fiquei surpresa ao encontrá-lo com a Luciana.

Matheus riu, seco.

– Imagino.

O toque de sarcasmo naquele riso escondeu uma crítica que ele não fez e que Júlia fingiu não captar.

– Você e sua irmã também são bastante diferentes – comentou, redirecionando o foco da conversa.

– Nem tanto – ele disse. – Eu tinha dezoito anos quando ela nasceu, do segundo casamento do meu pai. Minha mãe faleceu quando eu tinha quinze anos e ele se casou quase em seguida.

– São só vocês dois?

– Somos. Quando mudei para o Rio, ela veio morar comigo. Foi uma forma de afrontar nosso pai, além das outras que não preciso mencionar. Meu pai está velho demais para aturar a rebeldia dela. – Ele sorriu, como se achasse divertida a atitude da irmã. – Confesso que sinto um certo prazer em ver a forma como ela o desafia com as tatuagens e os *piercings*.

Júlia ficou curiosa com o comentário. Ele prosseguiu.

– Meu pai é muito severo. Ele me criou como se tivesse me preparando para a carreira militar. Veio com os pais da Itália depois da Segunda Guerra e refizeram a vida em São Paulo. Sempre fiquei admirado com a forma como a Luciana desafiava a ordem da casa. Ela tem personalidade.

– Ela é muito simpática. Pena que eu não tenha podido conhecê-la melhor.

– Vai ter oportunidade. A Luciana é sensível, doce, tem uma natureza honesta, aberta. Esperava que encontrasse alguém que correspondesse à altura.

– Você não gosta do Otávio – Júlia concluiu.

Ele a olhou rapidamente, antes de desviar da entrada para Petrópolis e seguir pela estrada que levava a Itaipava.

– Eu não disse isso.

– Mas sente isso – afirmou.

– Conheço Otávio há menos de três meses. Ainda não tive tempo de formar uma opinião definitiva sobre ele.

– Pelo visto, a primeira impressão não foi das melhores.

– Isso importa? – indagou Matheus.

Júlia quase falou que importava muito, pois quase se casara com ele. Mas não falou.

– Se a sua irmã está envolvida com um homem que você não aprova, importa. Ou não?

– A Luciana é maior de idade. Por que você acha que ele é um cara legal?

A súbita mudança de perspectiva fez Júlia retroceder na vontade de continuar a falar sobre o casal.

– Ele é inteligente, atencioso, educado.

Matheus assentiu a cada adjetivo.

– Concordo. Mas ele não está sendo honesto com ela.

– Como assim? – Júlia exclamou, surpresa com a colocação.

– Ele ainda está apaixonado por outra mulher – completou, com convicção. Virou-se e a encarou. – Você.

Essa era a última coisa que Júlia esperava ouvir, muito menos vindo de Matheus.

– De onde você tirou essa ideia? – retrucou. Percebeu que ele agora tomava um rumo diferente de Itaipava. Ficou subitamente irritada. – Para onde estamos indo?

Matheus alternava a atenção à estrada e à sua reação.

– A Luciana me contou que Otávio ia ficar noivo e que a namorada o deixou para ir estudar fora. Ele diz que isso é passado. E leva minha irmã para o almoço de Natal na casa dela para exibir a nova namorada? Ele usou a Luciana para te provocar.

Um tanto atordoada com a perspicácia de Matheus e, também, com a forma quase cruel com que relatava os fatos e suas leituras sobre eles, Júlia custou para articular uma resposta. Por um instante, ficou com a impressão de que estava com raiva dela também.

– Eu acho que você tem uma visão bastante parcial dos fatos – falou, tentando manter um tom amigável. – Em primeiro lugar, eu não deixei ninguém para ir estudar fora. Nós terminamos antes. Em segundo lugar, acredito que ele tenha esquecido sim. Sua irmã é muito legal e acho que os dois estão bastante envolvidos.

– E por que você acha isso?

De fato, Júlia não tinha argumentos para embasar sua opinião. Percebeu que Matheus ia dizer mais alguma coisa e se conteve. A irritação era crescente. Ele fizera seu julgamento sobre ela.

– O que está pensando que eu acho, Matheus? – desafiou.

Entraram à direita, numa cidade pequena chamada Corrêas e seguiram por uma estrada estreita e íngreme.

– Acho que é conveniente para você que ele se comporte dessa maneira, como se estivesse apaixonado por outra mulher. E você prefere acreditar que seja verdade.

A conclusão não podia ser mais precisa. Naquele instante, Júlia percebeu que subestimara o homem ao seu lado, por conta da fragilidade emocional dele. A descoberta fez aflorar sentimentos contraditórios. Por um lado, admirou essa sensibilidade, por outro, o achou prepotente.

– Acho que está simplificando as coisas.

Matheus não contra-argumentou. Passou a segunda marcha para entrar numa estrada de terra batida e, em seguida, segurou sua mão. O gesto carinhoso não foi suficiente para desfazer o mal-estar que a conversa provocara. Parou o carro em frente a um portão fechado.

– Chegamos – disse, saltando do carro.

Havia uma placa onde se lia *"Chico"*. Parecia ser um restaurante. Era 1º de janeiro, devia estar fechado. Júlia ficou no carro, enquanto Matheus alcançava uma campainha incrustada na mureta de pedra. Ele aguardou um instante e logo um homem grisalho, aparentando uns sessenta e poucos anos, abriu a porteira e o abraçou afetuosamente.

Matheus retornou para o carro. Quando entraram, o senhor acenou para Júlia, que retribuiu. Estacionaram e saltaram. Ouviu o ruído de um rio atrás da casa de pedra. Matheus a enlaçou pela cintura.

– O Chico é criador de trutas.

Entraram e havia apenas uma mesa do restaurante arrumada para duas pessoas. O senhor se aproximou.

– Fiquem à vontade – disse Chico, simpático, alcançando-os por trás.

– Júlia, Chico – Matheus os apresentou. – Um velho amigo.

Chico a cumprimentou com um aperto de mão.

– Cada dia mais velho... Fiquem à vontade. Vou dar uma olhada na cozinha. Já volto – completou, sorrindo. – Sentem-se, por favor. Estão em casa.

Chico rumou para o interior do restaurante. Matheus puxou a cadeira para Júlia, que se sentou. Ele sentou-se à sua frente.

– Somos amigos há mais de vinte anos. Ele era amigo de meu pai. Fui seu consultor financeiro quando abriu o restaurante.

Era um lugar agradável, rústico, com móveis de madeira e janelões de vidro. Atrás de Matheus, Júlia podia ver parte do criadouro, ouvia o som da água nas pedras. Estava fresco, quase frio. Vestiu a jaqueta jeans que trouxera.

– Ele abre nos feriados?

Matheus recostou-se na cadeira.

– Não. Pedi a ele que abrisse uma exceção.

Júlia sentiu aquele calor dentro do peito que denunciava o quanto se sentia atraída e a irritação de alguns momentos atrás desapareceu.

– Ele abriu o restaurante para você?

Ele se inclinou sobre a mesa.

– Não. Ele abriu o restaurante para nós.

Chico retornou com uma garrafa de vinho tinto. Sentou-se à mesa com eles, mostrando a bebida que trouxera da reserva e serviu sua taça e a de Júlia, enquanto Matheus se servia de água. Apoiava a mão sobre o respaldo da cadeira do mais jovem, contando sobre as dificuldades do empreendimento e da falta que Matheus fazia.

Matheus acompanhava a narrativa com atenção, interessado nos menores detalhes, e Chico compartilhava suas questões abertamente. Ficou clara a confiança e o carinho entre os dois, apesar da diferença de idade.

Júlia não interferiu. Apreciou o vinho e os petiscos que Chico trouxe para a mesa. Matheus também se levantou para ajudar e Júlia se sentiu à vontade o suficiente para acompanhar o *chef* até a cozinha, onde preparava as trutas. Foi logo convocada a contribuir no preparo do molho de manteiga com alcaparras – adicionando as alcaparras – e aprendeu que não deveria temperar as trutas, em respeito ao sabor suave do peixe.

Os três almoçaram juntos, rindo das histórias de Chico sobre fregueses selecionados que reservavam mesas com meses de antecedência. Algumas vezes, os relatos levavam Matheus às gargalhadas, o que era música para Júlia, consciente de que ele não parecia se divertir assim há muito tempo.

Chico tentou sair da mesa para deixá-los a sós, mas Matheus não permitiu e Júlia concordou. Não era apenas uma companhia agradável. Era um amigo querido que, aparentemente, lhe fazia muito bem. Conversaram até começar a escurecer. Finalmente, com a desculpa de ir buscar algo na cozinha, Chico não retornou.

Matheus a envolveu pelos ombros.

– Quando voltará para Nova York?

– No domingo – ela respondeu, já prevendo o tamanho da falta que ele faria.

Ele tomou um gole de água.

– Tenho de estar em São Paulo amanhã e depois, mas volto na quinta-feira. Preciso ir ao escritório na sexta. Vamos sair...

Júlia o interrompeu com um beijo, a intensidade da excitação que a proximidade provocava impedindo que pensasse com clareza. Ele correspondeu com intensidade similar e precisou se afastar quando suas mãos se tornaram ousadas demais. Voltou a atenção para a mesa, em busca de seu copo, e quase o derrubou.

– E você não bebeu – comentou Júlia, achando graça da falta de jeito.

Matheus tirou um cartão do bolso, pegou a caneta que Chico deixara na mesa, escreveu seus telefones no verso e deu para ela.

Júlia reparou que era canhoto. Era um detalhe bobo, mas charmoso. Ele guardou a caneta e a encarou.

– Temos de ir.

– Eu já volto – disse Júlia, levantando-se rumo ao toalete. Precisava se recompor antes de sair. Ao voltar para a mesa, viu que Matheus preenchia um cheque. Não conseguiu ver a soma.

– Vamos dividir... – começou a dizer.

– Não estou pagando a conta – Matheus murmurou, interrompendo-a. Destacou o cheque do talão e o deixou, dobrado, sob a garrafa vazia de vinho. – Ele não deixaria.

Levantou-se e foi procurar o amigo na cozinha. Matheus pediu a Chico que mostrasse o tanque das trutas a Júlia, nos fundos do restaurante, enquanto fazia um telefonema e os encontrou no carro, dez minutos mais tarde. Despediram-se com abraços calorosos e a promessa de retornarem o mais breve possível.

Matheus a trouxe de volta para o Rio contando sobre a antiga amizade entre ele e seu pai. Já era noite quando parou na porta de sua casa. Sem dizer nada, aproximou-se e a beijou com aquele jeito calmo de tomar seus lábios e obrigá-la a buscá-lo novamente quando se afastava. De repente, recuou um pouco mais.

– Obrigado.

Júlia sorriu. Uma sensação de felicidade a havia inundado.

– Disponha – murmurou, os sentidos alterados pela química produzida em seu sangue. – Foi um dia perfeito, eu é que agradeço.

Os dois se moveram ao mesmo tempo e iam voltar a se beijar quando o celular tocou. Matheus hesitou, mas não se deteve. Soltou o cinto de segurança e a trouxe para junto de si, ignorando o chamado baixo que vibrava no console do carro, até que silenciou. Após alguns minutos, tocou novamente.

– Desculpe – murmurou, afastando-se para checar a origem da ligação. – Só um instante... *Hi honey... Yes, I did and I'm on my way... I'll be there in a minute* – falou, em inglês. Parecia ser a sobrinha, pelo tom carinhoso da voz. Ele a assegurou que passaria lá antes de ela dormir, como prometera. Desligou e guardou o aparelho no bolso.

– Vocês são muito próximos – disse Júlia, sorrindo.

Ele assentiu.

– Sempre que eles estão aqui, tenho de botar ela para dormir. Prometi isso quando mudei de Nova York para o Rio.

– Há quanto tempo sua cunhada está separada?

A pergunta pareceu pegá-lo de surpresa. Ele se endireitou no assento, virou-se um pouco para o lado da janela, pensativo.

– Há quatro anos. Nathalie estava grávida quando se separou do marido. Thomas tinha seis anos. Eu passava muito tempo com as crianças. Jenny se habituou a isso.

Pelas suas contas, Júlia deduziu que Nathalie se separara na mesma época da morte de sua esposa. Thomas tinha, então, a mesma idade do seu filho que morrera. E Jenny nascera naquele mesmo ano.

Aquele era um assunto nitidamente desconfortável para ele. Matheus passou a mão no cabelo antes de tirar o maço de cigarros do bolso. Estava fechado. Só então Júlia se deu conta de que ele não tinha acendido um único cigarro durante todo o dia.

– É muito legal da sua parte – disse, voltando a pensar na postura paternal dele com os sobrinhos. Gostava do fato de ele se importar, de lhes dar tanta atenção.

– Parar de fumar? – ele indagou, num tom irônico, erguendo as sobrancelhas.

– Não, que tenha essa ligação com seus sobrinhos. É muito legal.

Ele abriu o porta-luvas e jogou o maço ali dentro.

– Eles são muito importantes para mim.

– Eu sei – respondeu, sinceramente.

De repente, ele acariciou seu rosto e a segurou pelo pescoço. O beijo de despedida quase a impediu de saltar do carro e a obrigou a tomar um banho frio antes de se deitar ou não conseguiria dormir.

CAPÍTULO 5

Júlia passou o dia seguinte com uma inusitada sensação de euforia, como se tivesse bebido, porém, não sentisse os efeitos do álcool. Estava leve e, ao mesmo tempo, era como se uma corrente elétrica suave estivesse percorrendo seu corpo, deixando-o lânguido, preguiçoso. Acordou querendo ligar para ele, mas se conteve. Ainda era muito cedo.

Nada interferia no seu bom humor. Ria à toa, de bobagens. A mãe já estava envolvida novamente no controle da organização da casa, da limpeza, das compras. O pai, aposentado, saíra para resolver questões bancárias. Patrícia, de férias da faculdade, provavelmente estava com Joaquim.

Júlia passou a manhã na cama, passeando os olhos pela tela do *laptop*, sem conseguir se concentrar no texto, relembrando momentos do dia anterior, revivendo-os na memória fresca, deixando-se envolver nas sensações que experimentara ao lado de Matheus. Sua presença era tão forte que podia senti-lo na pele, seu cheiro, o calor das mãos.

Precisava começar a se preparar para a defesa de tese, mas não queria. Queria recostar a cabeça para trás e retornar para aquela tarde. Queria pegar o telefone e ligar, ir ao seu encontro, onde quer que fosse.

O telefone tocou na mesa de cabeceira ao seu lado. Estendeu o braço, o coração saltando no peito, um frio gostoso na barriga.

– Alô.

– Onde você se enfiou ontem o dia inteiro? – indagou Liana, no outro lado da linha.

Júlia suspirou, decepcionada. Recostou-se na parede.

– Eu saí – respondeu, incerta se devia contar para a amiga.

– Saiu pra onde? – insistiu. – Aliás, você ainda não me contou o que estava fazendo com o Matheus naquela piscina.

– Conversando – disse, casualmente. Se bem conhecia Liana, ela dominaria a conversa dali para frente. Foi o que aconteceu.

— Conversando. Só conversando? Ele estava a dez centímetros de você! A Nathalie ficou branca quando viu. Se bem que, pelo que minha mãe falou, eles não estão juntos. Não acredito. Ele *vive* na casa dela e ela na casa dele. É impossível que não tenha rolado nada. Quatro anos? Tudo bem que ele era apaixonado pela mulher, mas homem nenhum fica quatro anos sozinho. Tem certeza que não está rolando nada?

— Tenho — mentiu, mais uma vez.

Liana continuou seu monólogo, contando detalhes da festa, quem ficou com quem, a roupa da fulana, o jeito como a beltrana olhava para Joaquim e o súbito *affair* entre ele e Patrícia.

Júlia não sabia bem por que não tinha vontade de contar o que acontecera. Sentia necessidade de dividir com alguém e, se Matheus fosse outra pessoa, teria contado imediatamente, mas a proximidade da amiga com a família da esposa dele a inibiu.

— O que vai fazer hoje?

Não tinha prestado atenção e foi pega de surpresa.

— Quê? Hoje? Bem, não sei. Eu tenho tanta coisa pra resolver.

— Eu também. Tenho que buscar um documento lá na universidade. Vou pegar o carro da mamãe emprestado. Quer fazer alguma coisa à tarde? Queria passar no shopping, comprar umas coisas para o Nando.

— Preciso falar com o pessoal da editora, não sei quando eles vão marcar. Conforme for, eu te aviso.

— Então tá, me liga quando souber.

Júlia desligou. Continuou com a mão no telefone até tomar coragem para discar os números do celular de Matheus. Estava *"desligado ou fora da área de cobertura"*. Ele devia estar em trânsito para São Paulo.

Retomou a leitura. Tinha de ligar para a editora, marcar a reunião com a consultora que pretendia publicar sua tese, mas ainda eram dez para as nove, o escritório não estava aberto. Precisava se concentrar para ler.

***

Sem ter conseguido marcar nenhum compromisso para aquele dia, tão pouco rever a argumentação para sua defesa de tese, Júlia foi fazer compras com Liana. Matheus não tinha ligado e o celular dele permaneceu desconectado as três vezes que tentou ligar. Não quis insistir, pois as chamadas apareceriam e, se ele não estive disposto a falar com ela, soaria inconveniente.

Depois da última ligação, resolveu se distrair e aproveitar a oportunidade de comprar um biquíni novo e um maiô, canga e sandálias para o verão. Embora janeiro fosse inverno em Nova York, não resistiu às ofertas pós-Natal.

Ao final do dia, Júlia telefonou para casa e avisaram que Matheus havia deixado um recado para ela no telefone fixo, dizendo que estava sem comunicação por celular e ligaria no dia seguinte. A alegria misturada à frustração foi difícil de disfarçar. Liana, que prestava atenção a tudo, não deixou seu rubor passar despercebido.

– Você está muito esquisita, Júlia – falou, com ar desconfiado, enquanto caminhavam no estacionamento. – O que está acontecendo? É o Joaquim e a Patrícia? É o Otávio?

Júlia fez uma cara de tanta estranheza que Liana não precisou de resposta.

– O que é, então? Você está no mundo da lua! Está pensando na tese?
– É...

Na verdade, Júlia não pensara uma vez sequer na tese e, agora, lembrava-se de tudo o que tinha para resolver em relação à universidade e estava adiando. Como sempre, acabaria deixando tudo para a última hora.

– Tenho um monte de coisas para fazer e estou aqui, fazendo compras. Volto para Nova York no domingo e não resolvi nada até agora – completou, desanimada.

Colocaram as sacolas dentro do porta-malas e, antes de fechá-la, Liana murmurou.

– Nem eu.

Seria mais uma noite sem falar com ele, pensou Júlia, ao entrar no carro. Deixou a amiga falar sozinha no resto do caminho. Não deveria ter saído de casa. Se estivesse lá não teria perdido a chance de falar com ele. Perdeu a vontade de fazer qualquer coisa, a não ser dormir, para que o dia seguinte chegasse mais rápido.

***

A agonia durou até sexta-feira de manhã, quando ligou para a casa dele em resposta a um recado que deixara, pedindo que o fizesse pois estava num lugar remoto no interior de São Paulo. Uma voz feminina atendeu, com um forte sotaque americano. Júlia sentiu o estômago apertar, a garganta ficou seca. Só podia ser Nathalie. *Mas são oito e meia da manhã, o que diabos ela está fazendo na casa dele a essa hora*?!, exclamou para si mesma. Controlou-se e se identificou apenas como "*Júlia Ramos*", num tom mais seco do que pretendia.

Nathalie avisou que Matheus havia saído para o escritório e perguntava se queria deixar "*alguma*" recado. Recusou educadamente. Ligou para o celular, em seguida, e, mais uma vez, estava fora de área. Quase atirou o aparelho na parede do outro extremo do quarto. Não era possível que estivesse tentando se comunicar há quatro dias sem sucesso.

Pelo menos, pensou, *ele está no Rio.* Mas logo a imagem dele junto com a sobrinha se destacou na memória. Se Nathalie estava na casa dele àquela hora da manhã, só podia ter dormido lá.

Liana tinha razão. Era burrice sua se envolver com um homem que tinha laços tão fortes com a família da mulher, com aquelas crianças, com a cunhada. Claro que alguma coisa rolava entre os dois. Nathalie era perfeita para ele: simpática, inteligente, bonita e fora uma companheira inseparável no momento mais difícil de sua vida. E podia lhe oferecer uma família, em substituição à que perdera.

Esta constatação fez seus olhos se encherem de lágrimas. Como competir com isso?

Levantou-se e, por alguma razão, a tristeza lhe deu energia para resolver tudo o que precisava. Tomou um banho e listou todos os compromissos. Armada da objetividade que a movia normalmente, foi até a Pontifícia Universidade Católica conversar com a professora responsável por seu mestrado, coletou a documentação de que precisava, fotocopiou os textos e, até a hora do almoço, metade dos seus problemas estavam resolvidos.

Em seguida, encontrou com a editora em um restaurante no Jardim Botânico. Conversaram sobre o tema da tese e os ajustes necessários para torná-la uma publicação menos acadêmica, que pudesse interessar a um público mais amplo. Depois, foi para o centro da cidade, onde encontrou o último texto de que precisava na Biblioteca Nacional.

Retornou para casa ao final da tarde, exausta. Ninguém ligara. A esta altura, estava convencida de que Matheus não ligaria mais. Ficara de apresentar uma sinopse da publicação, dentro das linhas editoriais da editora, e pretendia fazer isso no sábado. Ainda tinha o dia de domingo para descansar, antes do embarque, à noite.

Entrou no quarto para tomar uma chuveirada e se deparou com a irmã deitada na cama, apontando o controle remoto para a televisão. Viu que a jovem passou a mão no rosto e limpou as lágrimas que escorriam pelo canto do olho. Sentou-se ao lado dela.

– Que foi, Pati?

Ela continuou trocando de canal.

– Nada – respondeu, os olhos inchados, o nariz vermelho e congestionado.

Júlia acariciou seu braço, carinhosamente. Patrícia não chorava à toa, nem quando era criança.

– Alguma coisa aconteceu para você estar assim.

A jovem se voltou. Sentou-se à sua frente, colocando as mechas louras para trás. Respirou fundo, passou novamente a mão nos olhos.

– Eu terminei com o Joaquim – falou. – Ele não pode ficar no Brasil e eu não posso ir para Nova York. Melhor simplificar as coisas.

Júlia sabia que Patrícia havia praticamente se mudado para o apartamento onde Joaquim estava hospedado. Viu que a irmã estava decidida. Não podia ter previsto um final diferente para o relacionamento.

– Vocês sabiam disso quando entraram nessa... – começou a dizer.

Patrícia revirou os olhos, impaciente, e a interrompeu.

– Eu sei! Não precisa me lembrar.

– E ele, como reagiu?

– Ele quer que eu vá para lá, de qualquer maneira. Não posso largar a faculdade. Não posso deixar tudo para ir atrás dele. Eu falei que, se ele quiser ficar comigo, que venha para cá.

Júlia ficou com pena, pois era uma colocação absurda. Joaquim jamais abriria mão do objetivo que traçara por uma mulher ou qualquer outra pessoa.

– Ele ainda tem mais um ano de doutorado pela frente. Se quiserem ficar juntos, cada um vai ter de ceder um pouco.

– E por que eu tenho que abrir mão da minha faculdade? Também tenho mais um ano pela frente. Por que o doutorado dele é mais importante do que a minha formação?

Júlia não queria entrar numa discussão com a irmã.

– Então, eu achei melhor a gente terminar – Patrícia completou, antes que pudesse dizer alguma coisa. – Se daqui a um ano a gente ainda estiver livre e estivermos a fim, ficamos juntos. Se não, cada um para o seu lado.

Júlia sabia que Joaquim tinha intenção de continuar em Nova York, fazendo pós-doutoramento e já tinha até dado entrada no pedido de extensão da bolsa. Mas não tinha certeza se ele compartilhara essa informação com Patrícia. A resolução dos dois lhe pareceu sensata. Preferiu não intensificar ainda mais a tristeza dela. Logo estaria envolvida com outro rapaz, rindo dessa paixão momentânea.

Abraçou-a e sentiu seu corpo magro contra o peito, soluçando, num choro sentido como nunca vira antes.

– Vai passar, maninha – murmurou, embalando-a de leve. – Vai passar.

***

Enquanto Júlia tentava ler sua tese, Patrícia argumentava com Joaquim pelo telefone. Tinha acordado, tomado café, banho e estava de volta à cama, com o *laptop* no colo, ouvindo a conversa da irmã ao mesmo tempo em que fazia um esforço de concentração para ler. Era difícil. Patrícia engolia as lágrimas para se manter firme e resistir à argumentação sedutora e, ao mesmo tempo, lógica de Joaquim, que tentava convencê-la.

Júlia rezava para que Patrícia mantivesse a decisão de seguir com sua vida. Conhecia os dois e sabia que esse arroubo de paixão se extinguiria na primeira crise de incerteza de Joaquim e seria muito mais doloroso para ela ter de se mudar de volta, decepcionada.

Era difícil também porque o telefone fixo ficara ocupado a manhã inteira e, se Matheus estivesse com problemas com o celular, não conseguiria falar com ela. Seu peito ardia de ansiedade. Não queria ligar para ele. A conclusão a que chegara no dia anterior não tinha tido um efeito prolongado. Ainda estava apaixonada, embora tudo indicasse que isso era um erro.

De repente, Patrícia desligou e foi para o banheiro.

– Pati – chamou, deixando o computador de lado e batendo de leve na porta.

A água da pia jorrou por alguns minutos, depois parou. Quando a porta se abriu novamente, um pouco depois, Patrícia estava de biquíni, o rosto lavado, os cabelos presos num rabo-de-cavalo. Enfiou os óculos escuros para esconder os olhos inchados e passou por Júlia com a cabeça erguida.

– Vou para a praia. – Deu um beijo rápido em sua testa e saiu do quarto.

Melhor assim, Júlia pensou. Sentou-se, olhando para seu celular. Tentou reler o parágrafo do texto, mas não conseguia prestar atenção. Vencida, agarrou o aparelho e discou. Era melhor acabar logo com aquela fantasia do que ficar adiando o sofrimento.

Uma voz feminina diferente atendeu desta vez. Estranhou, pois ligava para o celular dele. A adrenalina deixou suas mãos trêmulas. Pediu para falar com Matheus.

– Ele não está. Quem gostaria de falar com ele?

– Júlia Ramos – disse, depois de respirar fundo.

– Júlia? Oi, tudo bem? É Luciana – falou, simpática.

Por alguma razão, o tom receptivo da jovem trouxe um imenso alívio.

– Oi Luciana, tudo bem?

– Tudo. O Matheus saiu e levou o meu celular ao invés do dele. O Tom, o sobrinho dele, deixou o celular do Matheus cair na privada. Foi um pandemônio aqui por conta disso e ele ainda está transferindo os dados para o aparelho que ele acabou de comprar.

– Ah! – deixou escapar. – É que estou tentando falar...

– Ele também! – a jovem exclamou, apressadamente, interrompendo-a. – Estava ligando para a sua casa, mas só dava ocupado. Você também está sem celular, não é?

– Não! Quer dizer, meio que estou, pois o meu celular de verdade não pega aqui, deixei em Nova York, então estou usando um pré-pago meio jurássico que a minha irmã tinha e a conexão dele não é muito boa... – disse, uma alegria súbita invadindo seu peito. – Desculpe, estou divagando... Ele saiu?

– Hoje é aniversário da Jenny, ele vai passar o dia com ela. Mas me pediu que, se você ligasse, dissesse que vai te ligar à noite para fazerem alguma coisa. Você pode encontrar com ele hoje?

– Claro! – Júlia respondeu, o coração acelerado. – Eu aguardo o telefonema dele... Obrigada.

– Legal. Desculpe estar me metendo, mas vou me meter: fico feliz que estejam se encontrando.

Júlia ficou muda, atônita, com a colocação. *Por que Luciana lhe diria isso?* Ia dizer que também estava feliz quando a jovem continuou:

– Bem, ele vai te ligar. A gente se fala qualquer hora.

– Está bem. Obrigada. Um beijo – despediu-se.

– Outro. Tchau.

Recolocou o aparelho no gancho aliviada, quase eufórica. Tudo indicava que ele queria vê-la, queria falar com ela e, pelo que Luciana dissera, estava feliz.

* * *

Mas ele não ligou.

Júlia saiu para caminhar na praia cedo, no domingo, e aproveitar o último dia de verão antes da partida para Nova York, à noite. A manhã estava agradável. Embora normalmente a temperatura devesse estar alta naquela época do ano, estava excepcionalmente fresco. Às oito, caminhava pelo calçadão de Ipanema, fechado para os carros, repleto de casais, crianças, cachorros e pessoas se exercitando.

Por alguns momentos, conseguira esquecer o fato de ter levado um "bolo" na noite anterior e que provavelmente não veria Matheus tão cedo, se é que o veria outra vez. Pensou em passar um e-mail para o escritório dele, mas achou que não seria apropriado. Na verdade, precisava se convencer de que não o veria mais.

O destino, no entanto, provou o contrário.

No final da praia, quase no Arpoador, se deparou com um casal e duas crianças. Matheus estava abaixado, falando com Jenny, enquanto Nathalie entregava uma nota a Thomas e apontava para o quiosque no calçadão. O menino saiu na direção indicada pela mãe e, quando Matheus se ergueu novamente, Nathalie lhe estendeu a mão. Ele aceitou e começaram a andar juntos, de mãos dadas.

A visão fez Júlia girar nos calcanhares e dar as costas à família antes que pudessem vê-la. Uma onda quente invadiu seu estômago, numa mistura de raiva e tristeza. "*Estúpida!*", exclamou para si mesma. "*Como eu sou estúpida!*". Logo a raiva se sobrepôs à mágoa. "*Se estão juntos, por que ficou comigo?!*", indagava-se, indignada, enquanto marchava de volta para casa.

Agora era ela quem não queria vê-lo mais. Era bom que estivesse voltando para Nova York. Não tinha lhe dado os telefones de lá. Iria se concentrar na tese e esquecer que aquela semana tinha existido.

* * *

Deixara um recado em casa. Caso alguém ligasse para ela – quem quer que fosse – desse o número do celular de sua mãe. Na porta da sala de embarque, um telefone tocou, chamando sua atenção, mas era de alguém no final da fila.

Abraçou o pai, os olhos marejados, um peso no peito que não dizia respeito à despedida, à saudade da família ou à ansiedade da defesa de tese, mas a Matheus, aos desencontros e à visão dele de mãos dadas com Nathalie. Apesar da certeza de que precisava esquecê-lo e da convicção de que era melhor que ele não ligasse nunca mais, torcia ainda para que, miraculosamente, a mãe tirasse o aparelho da bolsa e a alcançasse na boca do saguão, na fila do controle da Polícia Federal.

Atravessou os controles de detecção de metais e olhou em volta, à procura do número da sala de embarque onde deveria aguardar. Normalmente, iria para a livraria comprar uma revista, daria uma última olhada no *freeshop*, mas o desânimo a impediu. Sentou-se na cadeira fria, desconfortável, indiferente aos chamados dos voos, à movimentação intensa em frente ao portão de embarque.

Decidiu esquecer tudo o que acontecera. Precisava reencontrar o rumo que traçara, dedicar-se à defesa da tese e se concentrar nos resultados de um esforço de dois anos. Trabalhara muito para chegar até ali, não podia permitir que um homem interferisse em sua vida daquela maneira. Nem via motivo para tanto, afinal, haviam se encontrado duas vezes, três vezes. Não podia estar tão apaixonada assim, nem podia achar que ele estivesse.

Recostou-se, segurando o volumoso casaco que a protegeria do frio gélido do inverno de Nova York. A previsão do tempo indicava temperaturas de menos dez abaixo de zero. Suspirou, ainda mais desanimada.

CAPÍTULO 6

As duas semanas que antecederam a defesa foram de total exclusividade à revisão dos tópicos, releitura da argumentação e uma intensa troca de e-mails e telefonemas com sua orientadora. Embora estivesse preparada, Júlia não conseguia relaxar diante da porta dupla de madeira pesada. As mãos geladas, a despeito da calefação, agarravam a maleta do *laptop* e a pasta com papéis, a garganta estava seca.

Entrou, finalmente, e a tensão foi diminuindo à medida que se apropriava do raciocínio que embasava a tese. A apresentação seguia uma lógica fundamentada com exemplos, trechos de obras literárias e comentários ensaiados exaustivamente.

Os mínimos sinais de aprovação foram captados nos primeiros vinte minutos e serviram para lhe dar a autoconfiança que faltava. A rodada de perguntas foi menos penosa do que previra. E percebeu que os professores ficavam satisfeitos com as respostas. No final, um deles fez um comentário positivo sobre a abordagem que escolhera e, embora aquilo não fosse sinal inquestionável de aprovação, foi um bônus.

Júlia guardou o laptop e os papéis na pasta e saiu da sala tão aliviada que sacou o celular e ligou para o Brasil. Ouviu os gritos de celebração do pai e da mãe e emocionou-se com as lágrimas deles. Depois ligou para Liana, mas o celular estava desligado. Ela, Nando e Joaquim se encontrariam mais tarde, no apartamento onde Liana morava, junto com Nando, e onde Júlia ficaria hospedada até a conclusão do mestrado e o retorno ao Brasil.

A neve cobrira parcialmente a calçada e se acumulava nos galhos das árvores. O jardim em frente ao *Philosophy Hall*, marcado pela enorme estátua de *O Pensador*, de Auguste Rodin, estava branco, com caminhos abertos por limpadores de neve. O vento gelado entrou por dentro da echarpe de lã marrom que enrolara em volta do pescoço. O casaco, também de lã, chegava até o pé, coberto por botas com solado de borracha para evitar escorregões nas calçadas cobertas por gelo fino, escorregadio como sabão.

Do lado de fora, Júlia ajeitou o gorro por cima dos cabelos, a névoa fria formando-se sob sua respiração, enquanto tentava segurar a maleta do computador com a mão enluvada. Atrapalhada, não reparou que alguém subiu as escadas em sua direção e tentou segurar a valise. Ia reagir quando reconheceu o suposto agressor por trás dos óculos escuros.

– O que está fazendo aqui?! – indagou, surpresa, sem acreditar nos próprios olhos.

Matheus vestia o sobretudo preto que usara na festa que o conhecera, luvas pretas e um cachecol da mesma cor por cima da gola do casaco. Não estava de chapéu e os cabelos esvoaçavam sobre as lentes dos óculos escuros, que ele tirou, apertando os olhos verdes contra a luminosidade da neve e do dia cinzento.

– Como foi a defesa? – ele indagou de volta.

Sentimentos conflituosos a impediram de ser receptiva. Estava com raiva, mas aliviada; feliz e magoada. Três semanas sem notícias e, de repente, estava ali, na sua frente.

– O que está fazendo aqui? – insistiu, irritada. – Como descobriu que eu estava aqui e que hoje era...

– Sua defesa de tese – ele completou. – Temos amigos em comum, lembra?

Júlia ainda não tinha deixado que ele tirasse a valise da sua mão. Continuava agarrada a ela e à pasta, como se Matheus não tivesse sequer o direito de ser cavalheiro.

– Como assim? Quem te contou?

– A Liana. Sua mãe disse que você está hospedada na casa dela.

A resposta a deixou ainda mais irritada. Que direito ele tinha de vir até aqui? De ligar para seus amigos e sua família para saber o que estava ou não estava fazendo? Penara para conseguir se desligar dele nestas últimas semanas e tudo ia por água abaixo. As pernas estavam fracas, o coração disparado. Não sabia se queria abraçá-lo ou virar as costas e ir embora.

Diante de sua expressão atônita, Matheus disse:

– Eu te devo uma explicação.

Agora?! exclamou para si mesma, mas não verbalizou.

– Não me deve nada, Matheus – retrucou, seca.

– Vamos tomar um café?

Ele não tentava puxar a maleta de sua mão, apenas a segurava e a trouxe para junto do próprio corpo, sem fazer força. O movimento obrigou Júlia a dar um passo em sua direção. O contato físico, o calor da proximidade, a deixaram atordoada. *Não posso ceder assim tão fácil*, tentava raciocinar. Ela vira os dois juntos na praia.

– Não posso, marquei de encontrar uns amigos. Eles estão me esperando.

Matheus não largou a valise.

– Por favor. Atravessei o oceano e você não vai sequer tomar um café comigo?

Depois de segurar a maleta com firmeza por mais alguns segundos, Júlia o deixou tirá-la de suas mãos. Desceu as escadas e o acompanhou até o carro. O aquecimento no interior logo se fez sentir. Tirou as luvas, desenrolou a echarpe do pescoço e deslizou o gorro para fora da cabeça, passando os dedos nos cabelos despenteados. Matheus observou cada movimento, em silêncio, sem dar partida no motor. O olhar inquisitivo sobre ela a deixava tímida, com falta de ar.

– Como foi a defesa? – ele tornou a perguntar.

– Bem, obrigada.

Deixaram a rua do prédio de Filosofia, sede do departamento de Literatura Comparada, e ele encostou o carro em frente a um café. Havia pouca movimentação nas ruas, por causa do frio. Entraram e se acomodaram em uma mesa sob a janela fechada, que dava para a praça em frente ao prédio da biblioteca, uma antiga construção em estilo clássico.

Júlia tirou o casaco e o deixou sobre a cadeira ao lado. Logo uma garçonete os abordou, depois saiu para buscar os *cappuccinos*. O silêncio ficou pesado.

– Desculpe por não ter conseguido falar com você naquela se-

mana, antes da sua viagem. Aconteceu uma coisa atrás da outra e...
– ele começou a dizer.

Júlia ficou aguardando a explicação, um tanto apreensiva. Matheus a encarou, depois passou a mão nos cabelos, recostando-se para trás na cadeira.

– Surgiu uma crise no banco e tive que ir para Singapura, depois para Londres...

Ele estava claramente dando voltas, sem saber como abordar algum assunto desagradável. O coração de Júlia apertou. Estava tentando dizer a ela que tudo o que acontecera tinha sido um erro.

Viu que ele enfiou a mão no bolso da calça para tirar alguma coisa, mas não colocou nada sobre a mesa.

– Droga... – murmurou. Passou a mão nos cabelos, jogando-os para trás, depois cruzou os braços. – Boa hora para parar de fumar – completou, sarcástico.

– Matheus – Júlia interrompeu. – Não me deve explicação nenhuma. Por que veio aqui hoje?

Para sua surpresa, ele sorriu.

– Eu queria te ver.

– Por quê?

– Porque você não sai da minha cabeça – ele murmurou.

Júlia baixou os olhos para as próprias mãos, depois o encarou.

– Eu vi você com sua família, no domingo, no dia seguinte em que me deixou esperando seu telefonema.

Ele franziu a testa.

– O que foi que você viu? – indagou, educado.

– Vi você com a Nathalie, caminhando na praia, de mãos dadas. Se estão juntos, por quê...

A garçonete deixou os dois *cappuccinos* sobre a mesa e saiu.

Júlia puxou a xícara mais para perto e esvaziou dois pacotes de açúcar na bebida. Sentia uma aflição no peito. Não queria ter dito aquilo, não tinha nada com a vida dele. Era como se tivesse cobrando uma posição. Mexeu o café. A mão tremia, então, deixou a colher no pires, para não chamar sua atenção.

– Eu e a Nathalie não estamos juntos – ele disse, sem tocar na própria xícara. – Foi aniversário da Jenny naquele sábado. À noite, eu ia te ligar, te encontrar, mas ela teve febre e não me deixou sair do lado dela. No domingo... – falou, a voz diminuindo de volume progressivamente. Ele respirou fundo. – Essa época do ano é complicada para mim.

Júlia ergueu os olhos. Apesar de estar magoada e ainda na dúvida se aceitava ou não aquela explicação parcial, não podia negar que o fato de tê-lo à sua frente a deixava feliz. Queria ser racional e seguir os conselhos que dera a si própria, mas não estava conseguindo.

– Me desculpe por ter deixado você esperando, sem notícias – ele continuou. – Eu tentei ligar, mas ou estava ocupado, ou ninguém atendia. Depois você viajou e eu estava do outro lado do mundo, tentando apagar um incêndio. Não estou querendo inventar uma desculpa, Júlia. Eu precisava te ver. Mas só agora as coisas se acalmaram e consegui vir até aqui.

A essa altura, Júlia já se arrependera de não tê-lo deixado tocar nela. A necessidade de estar em contato físico com ele estava se tornando insustentável.

– Não posso ficar muito tempo, tenho de voltar para o Brasil, mas não podia deixar de, pelo menos, tentar te ver. A Liana disse que era sua defesa de tese. Achei que poderíamos comemorar... juntos.

– Não vai dar – ela respondeu, o instinto de proteção sobrepujando o desejo de fazer tudo o que ele queria. – Combinei com uns amigos, não posso.

Matheus pegou a xícara e a ergueu aos lábios. Tomou um gole do café, depois outro. Depositou-a de volta à mesa.

– Pode me fazer um favor, então?

Júlia estranhou.

– Que favor?

– Tem um possível comprador para a casa. Ele disse que poderia me encontrar lá às... – conferiu o relógio – cinco.

– E? – indagou, sem entender.

— Vá até lá comigo. Depois eu te trago de volta a Manhattan, para comemorar com seus amigos.

Júlia continuou sem entender.

— Por que quer que eu vá com você?

Matheus chamou a garçonete e pediu a conta.

— Pode me fazer esse favor sem fazer perguntas?

Foi a vez de ela recostar na cadeira, pensativa. A conta não demorou. Ela ia se oferecer para pagar ou dividir, mas ele se adiantou. Preferiu não argumentar.

— Está bem.

Ele sorriu, tirou o celular do bolso e pediu a alguém para confirmar o encontro com o possível comprador, *Mr. Johanson*, dentro de quarenta minutos, o tempo que levariam para chegar à casa.

***

A casa da família Anderson era localizada nos Hamptons, um dos locais mais tradicionais de Nova York, fora de Manhattan. As propriedades naquela região alcançavam valores astronômicos, na faixa dos milhões de dólares. Com certeza, a mansão para onde Matheus a levava tinha um preço inestimável, não apenas pela localização, mas também por ser considerada patrimônio histórico.

Matheus dirigia atento à estrada, quieto. Júlia resolveu quebrar o silêncio e a distância que vinha mantendo da história pessoal dele.

— Por que está vendendo a casa, Matheus? — indagou, ajeitando-se no banco de forma a ficar mais de frente para ele.

Ele a olhou de lado, rapidamente, e um vinco forte surgiu em sua testa.

— Sua amiga Liana deve ter te falado sobre isso.

Júlia assentiu.

— Ela me contou o que aconteceu.

Ele não tornou a se voltar.

— Eu não suporto aquela casa — disse, com firmeza. Depois de alguns minutos em silêncio, continuou. – A Carrie e eu nos conhecemos no Brasil. O pai dela tinha negócios lá. A gente se casou cedo, tínhamos vinte e poucos anos. Depois, fui fazer mestrado como bolsista em Harvard, em Economia. Ela fez Relações Internacionais. Quando nos formamos, saímos de Boston e fomos morar nos Hamptons. Os pais da Carrie tinham se mudado para o Maine e deixaram a casa vazia.

A dificuldade de Matheus em abordar o assunto ficava patente nas frases entrecortadas, curtas. Mas ele prosseguiu.

– A casa é enorme. A ideia era enchê-la de crianças – ele disse, com um riso seco. – O Joshua nasceu depois de três anos de tratamento.

Ele fez mais uma pausa, como se tivesse que prestar mais atenção ao trânsito e às entradas que precisava pegar. Entraram na estrada que margeava Long Island.

Júlia permaneceu em silêncio, ouvindo, imaginando o quanto aquele relato estava lhe custando.

– Ele adorava aquele lugar.

Matheus segurou o volante com mais força.

– Tínhamos ido passar o Natal com os pais da Carrie. No dia 30, tive de voltar para Nova York, por causa de um problema no escritório. Não daria tempo de retornar para o Ano-Novo. A Carrie e o Joshua queriam vir me encontrar no dia 31. Um amigo do pai dela ofereceu o jato particular para trazer os dois.

Júlia viu que ele trincava os dentes.

– Eu tinha saído de Manhattan para os Hamptons, à tarde, mais ou menos a essa hora. Quando cheguei, tinha um recado da Carrie na secretária, avisando que estavam a caminho. O Joshua também deixou um recado, pedindo para eu não esquecer de acender as luzes da árvore de Natal... O terceiro recado foi do pai dela, avisando do acidente.

O dia estava escurecendo, embora ainda fossem quatro e meia da tarde. Não havia trânsito. Matheus olhava fixamente para a estrada e murmurou, como se falasse sozinho.

– Ainda tenho essa gravação.

De repente, ele respirou fundo e se voltou para ela.

– Por que eu quero vender a casa? – indagou, preparando-se para explicar, depois de tê-la colocado a par do contexto.

Júlia quase disse que não precisava explicar mais nada.

– Porque ouço a voz deles em todos os quartos, na sala, na cozinha. É insuportável – falou deixando transparecer dor e raiva, ao mesmo tempo. – É insuportável saber que a casa existe. Por mim, eu a botava abaixo. Joshua dizia – e ele só tinha seis anos – ele dizia que, lá, naquela casa, eu seria muito feliz. Ele não dizia "nós". Não dizia "você e a mamãe". Ele dizia "você, papai. Você..."

A voz falhou.

Júlia desviou o olhar para a estrada quando ele se calou, as costas da mão em punho pressionadas contra os lábios. Seguiram mais alguns minutos, entrando por caminhos secundários que podia reconhecer da vez que fora à festa. Agora entendia a dimensão do que ele devia ter sentido ao ver a casa invadida por uma multidão de estranhos.

Subiram a pequena inclinação que levava à garagem. Os dois saltaram ao mesmo tempo e Matheus entrou pela porta dos fundos. O salão principal estava limpo, arrumado, mas a atmosfera era completamente diferente da última vez que estivera ali. Seus passos ressoavam no sinteco claro. A última claridade do dia atravessava as portas de vidro que davam para o jardim, que descia suavemente até a piscina e se debruçava sobre o oceano.

Matheus seguiu para lá, forçando as portas duplas para passar, como se não houvesse oxigênio suficiente no recinto. Júlia o seguiu. Pensou que desceria o gramado, mas se deteve no portal.

– Eu sinto tanto – ela murmurou, parando ao seu lado, colocando a mão em seu braço.

Ele tirou os óculos, encarando a faixa azul clara do horizonte que ia progressivamente se tornando mais escura. O vento gelado bateu contra eles, trazendo um cheiro suave de maresia.

– Eu também – ele retrucou, sem reagir à sua proximidade como fizera das outras vezes. Depois conferiu o relógio. – Johanson deve estar chegando. Vou ligar a calefação.

Voltou-se para o interior outra vez e Júlia abriu espaço para ele passar. Ficou onde estava, a despeito do frio, pensando em como seria sua vida se tivesse passado por algo assim.

– Quer beber alguma coisa? – ouviu Matheus indagar, do interior, e sua voz ecoou nas paredes do salão amplo, pouco mobiliado.

Júlia entrou e fechou as portas, já podendo sentir a emanação morna das saídas de ar. A decoração era elegante, clara, com móveis grandes. Era provável que a esposa tivesse se ocupado disso, pois o estilo era parecido com o do apartamento da Av. Atlântica.

Encontrou Matheus na cozinha, servindo duas taças de vinho tinto. No fundo, avistou a porta que levava ao quintal e ao mirante. Lembrou-se do dia da festa, quando aquele lugar estivera apinhado de tal maneira que quase fora impossível atravessá-lo. Aceitou a taça.

– Obrigada – falou, sorrindo.

Matheus a encarou, sério.

– Obrigado por ter vindo... – falou e ia dizer algo mais quando o celular tocou. Ele estranhou, olhando o visor antes de atender. Pediu licença e falou, em inglês, com alguém que se desculpava, mas que, pelo que pôde entender, não poderia encontrá-los.

Júlia riu. Se fosse qualquer outro homem, teria certeza de que a história toda tinha sido uma armação. Mas, dadas as circunstâncias, não duvidou da veracidade dos fatos. Matheus desligou e deixou o aparelho sobre a bancada.

– Desculpe, mais uma vez. Ele não vem.

– Pena.

– É – ele assentiu. – Posso te levar de volta agora, se quiser.

– Posso terminar o vinho? – Júlia indagou, erguendo a taça.

Ele riu, desconcertado, depois encostou sua própria taça na dela, de leve.

– Um brinde à sua defesa de tese, que foi... bem? – disse, referindo-se ao breve comentário que fizera no café.

Júlia também sorriu.

– Sim, foi bem. Acho que foi... muito bem. Pelo menos, pelo número de vezes que os professores da banca balançaram a cabeça positivamente, creio que foi satisfatória.

Matheus bebeu, num gole, metade do vinho que colocara na taça.

– E o que pretende fazer agora, doutorado?

– Por enquanto, não. Volto para o Brasil e começo a preparar a tese para ser publicada. Não sei. Fiz contato com minha orientadora na PUC, onde me formei, e devo, talvez, dar aulas lá.

Ele tomou o resto do vinho e colocou mais na taça dela, que ainda estava cheia. Tornou a encher a dele.

– Eu também me formei na PUC, em Economia. Quantos anos você tem?

– Trinta.

Matheus puxou dois bancos altos, que estavam atrás dele, ofereceu um à Júlia e sentou-se no outro.

– Não somos da mesma geração, mas é possível que a gente tenha se cruzado nos corredores.

Júlia balançou a cabeça para os lados.

– Pouco provável. Eu estudava no Kennedy, você no Frings. Além do mais, devíamos pertencer a "*galeras*" diferentes.

– E de qual *galera* você fazia parte?

– Da *galera* de Artes, que organizava recitais de poesia e mostras de fotografia no pilotis, que saía de um filme "cabeça" para outro ainda mais "cabeça" nos festivais de cinema... essa *galera*.

– E por que tem tanta certeza que eu não estava lá? – ele indagou, tirando o sobretudo e o jogando sobre a bancada.

O aquecimento da cozinha começava a fazer efeito. Júlia fez o mesmo. Depois tornou a se sentar no banco alto. Percebeu que o copo dele estava vazio de novo.

– E estava?

Ele abaixou os olhos para a própria taça e a encheu, um sorriso maroto no canto da boca.

– Não. Eu detestava aquela garotada de Artes, com aquele nariz empinado de "*não tô nem aí para você*" – Riu, momentaneamente perdido em suas lembranças. – Naquela época, eu estava tentando descobrir uma fórmula para resolver o problema da dívida pública. Como alguém podia ficar preocupado com qualquer coisa além da dívida pública? – indagou, ainda rindo.

Júlia arregalou os olhos, fingindo surpresa.

– Mas ora, quem diria! E afinal, Sr. Michaelis, conseguiu desenvolver alguma fórmula mágica para ajudar o país a se livrar das dívidas? Não vejo como isso possa ser compatível com um trabalho num banco de investimento.

Matheus sentiu a provocação e apertou os olhos, antes de responder.

– Que tipo de trabalho pensa que eu faço, Srta. Ramos?

– O tipo que lucra muito com a especulação financeira em países como o Brasil, com a percepção de risco que o país representa para os investidores. Investe-se enquanto o país está sob o controle de bancos internacionais, mas qualquer "espirro" na Ásia derruba as bolsas e os investidores saem correndo.

– Eu acho que você está simplificando as coisas – ele respondeu, repetindo as palavras exatamente no mesmo tom que ela dissera no carro, a caminho de Corrêas, quando falavam sobre Luciana e Otávio.

A referência à última conversa que tiveram ficou óbvia. Matheus encheu seu copo mais uma vez e completou o dela, que ainda não estava na metade. Sua tática de ficar em silêncio, esperando a reação dela, a forçou a tomar a iniciativa de falar.

– Está bem. Estou simplificando. Agora me diga o que há por trás desse silêncio. Você acha que o Otávio está enganando a sua irmã e que ainda gosta de mim?

As perguntas saíram sem que conseguisse contê-las, com uma certa irritação. No mesmo instante, arrependeu-se. Não devia estar bebendo daquele jeito, não estava acostumada. Ele a estava provocando e ela caíra como um patinho.

– Acho – ele falou, satisfeito. – Não precisa ser nenhum gênio para perceber isso.

Impulsionada por uma falta de inibição que raramente experimentava, Júlia retrucou.

– E acha também que isso é muito conveniente para mim. Que o fato do Otávio estar com a Luciana é conveniente para mim.

– Acho.

Observou ele levar a taça de vinho aos lábios, os olhos fixos nela, e uma onda quente atravessou seu corpo. Tomou um pouco mais do próprio vinho, o coração acelerado.

– Pois saiba que não tenho o menor interesse nessa história. Não tenho mais nada a ver com o Otávio – afirmou.

Ele havia dado um passo à frente. Júlia não havia sequer percebido que ele havia descido do banco.

– Por que estamos falando do Otávio? – ele murmurou, os lábios tão próximos dos seus que bastou um leve movimento para tocá-los.

Beijaram-se e ele segurou seu pescoço com ambas as mãos, como era seu jeito de fazer. Afastou-se, de repente, e ficou respirando, o hálito doce de vinho sobre seu rosto, os olhos escondidos por trás dos cílios semicerrados. Depois retornou, tomando sua boca, enquanto as mãos se infiltravam por dentro da blusa, buscando seus seios, a fivela do sutiã. Sem hesitar, Júlia desabotoou os primeiros botões da camisa dele, ávida, e a puxou sobre sua cabeça. Ele ergueu os braços por um momento e, em seguida, a abraçou e a ergueu do chão. No instante seguinte, estavam no sofá da sala.

Enquanto Júlia desatava o cinto, os dedos trêmulos de excitação, e abria o zíper, ele a enlaçava em busca do fecho da saia em suas costas, até que a arrancou, impaciente, com uma das mãos. Aquele não era o toque suave do primeiro encontro. Era intenso, urgente. Matheus afundava o rosto em seu pescoço enquanto os dois se livravam das roupas e seus corpos se encaixavam.

As mãos dos dois se exploram, mas a demanda daquele desejo incendiário era imperativa. Júlia ajustou nele o preservativo que Matheus lhe passou e quase perdeu o fôlego quando ele deslizou, firme, para dentro dela. Agarrou seus braços com força e ergueu a perna para permitir que ele entrasse ainda mais fundo.

Cada movimento dele, forte e decisivo, se aprofundava mais, ao mesmo tempo em que deslizava, ritmado, sobre seu ponto mais sensível. A urgência era mútua e crescente. Os dois se moviam em uníssono, num encaixe perfeito; ele cada vez mais forte, profundo, respiração e compasso acelerados, ela se moldando, ondulando, queimando. A sensação de fogo eclodiu, subiu e se espalhou, tomando seu corpo inteiro. Ele a apertou contra si, detendo-se por um momento para absorver o impacto, depois prosseguiu ainda mais intenso até seus músculos retesarem e vibrarem contra os dela. Os dois ficaram colados, mergulhados um no outro, confundidos um com o outro, ofegantes, absolutos.

* * *

– Posso te perguntar uma coisa? – Júlia indagou.

Matheus estava erguido no cotovelo, de lado, olhando para ela. Beijou-a de leve. Júlia colocou a mão por trás da cabeça e virou-se para ele.

– Por que me beijou aquela noite?

Ele passou a mão no cabelo e se ergueu, recostando no respaldo da cama. Procurou algo na mesa de cabeceira, o maço de cigarros talvez, mas não encontrou. Júlia também se ergueu, segurando o lençol sobre os seios. Eram dez horas e os restos do jantar, que havia sido entregue às oito, ainda estavam no chão.

Apesar do frio que fazia lá fora, o céu estava limpo. Através da porta de vidro do quarto, a lua cheia iluminava os dois. Ele pegou a garrafa de vinho e ia pegar a taça dela, mas Júlia não deixou. Então, colocou mais vinho na taça que estava ao seu lado.

– É difícil ficar longe da sua boca – ele disse, meio sério, meio rindo.

Júlia sorriu, mas continuou a encará-lo, aguardando a explicação.

– Por que está perguntando isso? – ele retrucou, intrigado.

– Curiosidade – ela murmurou, um pouco frustrada, pois sentia que havia algo mais e percebeu que ele não lhe diria. – Achei estranho. Não senti nenhuma atração sua por mim naquela noite – falou, tímida. – Pelo contrário, achei que não te atraía em nada.

Ele se aproximou, ajeitou uma mecha de cabelos para trás do ombro, como havia feito no mirante.

– Você não me conhece – disse, enigmático, cobrindo seus lábios, forçando seu corpo para trás.

Quando os lábios dele desceram para seu pescoço, para seu seio, tomando a auréola, a língua brincando com a ponta do mamilo, ela se deixou ficar e sentiu a excitação inundá-la novamente. A mão dele desceu e mergulhou os dedos dentro dela, depois o toque subiu circundando o clitóris, ritmado, úmido. Seu corpo respondeu por si próprio, arqueando, enquanto a respiração acelerava, mas ela queria buscar outras sensações. E se ergueu sobre o corpo dele, deslizando para baixo, a boca e a língua explorando a pele quente do peito, a musculatura tensa do abdome e continuaram descendo.

O corpo inteiro dele tensionou quando sua boca o envolveu. O gemido ficou preso na garganta, as mãos se infiltraram em seus cabelos, mas antes que perdesse o controle, ele se ergueu e a ergueu num movimento contínuo, invertendo as posições. A mão dela derrubou a taça de vinho e o celular, procurando o preservativo sobre a cômoda, e os dois riram juntos. Seus corpos se encaixaram mais uma vez, como se se conhecessem há milênios, como se aquele encontro não fosse o primeiro, fosse uma continuidade infinita de reencontros.

CAPÍTULO 7

Júlia despertou sozinha na cama. A luminosidade do dia atravessava as cortinas que Matheus devia ter fechado quando se levantou. Conferiu o relógio: eram nove e quinze da manhã. Ergueu o braço e pousou as costas da mão sobre o travesseiro vazio ao seu lado. Estranhou que ele não estivesse ali. Não ouvia nada, nenhum som, passos ou vozes pela casa. Estava com preguiça, mas saiu da cama e foi até o banheiro.

O chão da ducha estava molhado. Matheus já tomara banho, concluiu. Havia uma toalha seca pendurada ao lado do box. Escovou os dentes com o dedo e decidiu tomar um banho rápido. Enrolou-se na toalha, depois de se enxugar, os cabelos pingando sobre os ombros e desceu as escadas, descalça.

Antes de alcançar o primeiro andar, avistou Matheus do lado de fora da casa, vestido no sobretudo preto, os óculos escuros cobrindo seus olhos, o vento despenteando seu cabelo ainda úmido. Olhava para o mar, as mãos enfiadas nos bolsos.

Foi até a porta de vidro e ficou ali parada, sabendo que, se a abrisse, o vento gelado a atingiria em cheio. Mas não era com o vento frio que estava preocupada. Abriu as portas e o barulho do rolamento fez Matheus se voltar.

— Está maluca? — ele exclamou, sério, e retornou para o interior da casa, fechando as portas atrás de si. — Quer pegar uma pneumonia?

Júlia o encarou, cruzando os braços sobre o peito, ainda sentindo a temperatura gélida do dia sobre a pele nua.

— O que foi?

— Nada — ele disse. — Estava esperando você acordar. Tenho de ir para o escritório.

Júlia assentiu, sentindo o tamanho da distância que ele havia colocado entre os dois com aquelas palavras.

— Não quero te atrapalhar — retrucou. — Vou me vestir.

Girou nos calcanhares e subiu as escadas, a garganta contraída. Ele não a seguiu. Todo o calor, toda a proximidade que haviam estabelecido durante a noite desaparecera. E parecia não haver espaço sequer para uma conversa amigável.

Encontrou suas roupas sobre uma cadeira, no quarto. Matheus havia se dado ao trabalho de catá-las pela casa, onde se lembrava de elas terem caído. Sentia-se pior do que quando o vira com Nathalie. Sentia-se usada.

Vestiu-se, tentando organizar os pensamentos. Nenhum dos

dois premeditara aquele encontro. Fechou a blusa sobre o sutiã. Os botões da saia estavam arrebentados, mas o zíper ainda funcionava. Estava com pressa. Sentou na cama, em seguida, para calçar as botas. Avistou a bolsa, a valise do *laptop*, a pasta com os papéis ao lado da cadeira e parou.

Os pratos estavam espalhados pelo chão, as taças vazias, viradas. Mas todas as suas coisas estavam arrumadas num canto. Respirou fundo, uma sensação estranha de vazio e, ao mesmo tempo, tristeza. Era a segunda vez que experimentava aquela sensação. Como se estivesse terminando uma coisa que nem ao menos começara.

Engoliu as lágrimas, determinada a não chorar. Terminou de se vestir, pegou a bolsa e as pastas e, ao sair do quarto, reparou no resto do andar. A suíte onde estava dava para uma antessala. Não havia corredor. Margeando a escada, em semicírculo, podia ver três outras portas. Na do meio havia o nome "Joshua" formado por letras decoradas com motivos infantis.

Estava apaixonada e não tinha dúvidas disso. Mas Matheus não estava preparado para se envolver com ninguém e, agora, também não tinha mais dúvidas disso.

Desceu os degraus mais controlada, tentando não fazer barulho com as botas. Encontrou-o na cozinha. Havia pães variados, frios, café sobre a bancada, abertos sobre os embrulhos em que foram entregues. Não pareciam ter sido tocados.

– Quer comer alguma coisa?

Júlia não podia sequer pensar em comida.

– Não, obrigada. Estou pronta.

O sobretudo preto estava sobre um dos bancos. Ele vestia apenas a camisa cinza sobre a calça jeans que usara no dia anterior.

– Júlia... – ele começou a dizer, aproximando-se.

Mas ela deu um passo para trás, se afastando de seus braços.

– Olha Matheus... eu entendo – disse, erguendo os olhos para ele.
– E respeito. Mas vamos deixar assim. Está bem? Me leva pra casa.

Ele a encarou.

– Não quero que saia daqui pensando... – falou, mas se deteve, como se não encontrasse as palavras certas.

Cada hesitação dele fazia Júlia se sentir pior. Não queria ouvir nada naquele momento, só ir embora.

– Não estou pensando nada. Me leva pra casa.

Ele ia dizer algo, mas se calou. Voltou para vestir o casaco e abriu a porta da garagem para ela passar.

O retorno a Manhattan foi uma tortura. O trânsito estava confuso, com engarrafamentos nas pontes e nas vias principais. Matheus olhava o relógio, impaciente, a cada cinco minutos. Já eram vinte para o meio-dia. Ligou para a secretária, pelo celular, avisando que se atrasaria para a reunião.

– Não precisa me levar. Me deixa aqui, eu pego o metrô – disse Júlia, angustiada.

– De jeito nenhum. Vou te levar – ele respondeu, sem se voltar.

O apartamento de Liana e Nando ficava perto de Columbia, em Morningside Heights. Ele ainda precisava atravessar metade da cidade para chegar à 42ª avenida, do lado Oeste, onde explicara que ficava seu escritório.

– Matheus, não faz o menor sentido. Chego mais rápido de metrô... – argumentou, querendo saltar daquele carro ali mesmo.

De repente, ele entrou numa rua paralela à 1ª avenida e estacionou na calçada. Virou-se para Júlia.

– Eu não devia ter levado você para lá – falou, agoniado. – Não tem nada a ver com você. Foi ótimo... mas... – prosseguiu, com a voz abafada, rouca. – *God damn it!* – exclamou para si mesmo, frustrado por não conseguir expressar o que estava sentindo. – Não tem a ver com você – Passou a mão sobre os olhos. – Eu queria que entendesse isso.

Júlia não tinha como fingir que não estava magoada. Entendia perfeitamente, mas estava triste e decepcionada. Naquele momento, queria distância dele.

– Me deixa ir, Matheus. Por favor. Daqui eu pego o metrô.

Ele se voltou para o volante novamente e o segurou com força.

– Vou te levar.

Engatou a marcha ré para manobrar e seguiu, cruzando a 113ª rua na direção Oeste. Continuaram em silêncio o resto do trajeto, cada um olhando para sua própria janela ou em frente.

Júlia se esforçava para conter as lágrimas e, mais ainda, para evitar que ele as visse descer pelo canto do olho. A distância que ele havia imposto causava sofrimento físico. Nunca sentira isso antes por alguém que conhecia há tão pouco tempo. Na verdade, nunca sentira isso por ninguém e não sabia o que fazer.

Por alguma razão, o trânsito ali estava melhor. Em quinze minutos, Matheus parou junto à calçada em frente ao prédio antigo, que tinha uma pequena escada levando à porta principal. Quando Júlia fez menção de saltar, ouviu:

– Quero te ver amanhã – ele disse, a sentença pronunciada como uma intimação.

– Não – retrucou, quase ríspida.

Matheus pressionava os lábios um contra o outro, irritado.

– Júlia, por favor...

– Eu fiz o favor que me pediu. Agora, sou eu que te peço. Por favor, não me procure mais.

Saltou, fechando a porta do carro e seguindo para a porta sem olhar para trás. Catava dentro da bolsa a cópia da chave que Liana havia lhe dado, atrapalhada com as pastas, que precisou colocar no chão.

Não conseguiu subir as escadas que levavam ao apartamento. A valise do computador e a pasta escorregaram de suas mãos e se abaixou com elas para impedir que batessem com força no chão. Sentou-se nos primeiros degraus, os soluços, até então contidos, explodiram. Ela os abafou com a mão suada sob a luva. Tirou-as, depois o gorro de lã, com raiva.

Controlou-se, com medo de chamar a atenção dos vizinhos. Uma crescente indignação se avolumava em seu peito. Levantou-se novamente, segurou suas coisas junto ao corpo e seguiu para o terceiro andar.

Entrou, deixando as pastas sobre o aparador, ao lado da porta.

Torcia para que Liana ainda estivesse na universidade, mas ouviu chinelos estalando no chão. A amiga se aproximou, cheia de expectativa e animação, a boca aberta numa exclamação:

– *Oh. My. God*! Você e Matheus Michaelis! Estava com ele até agora? Não acredito. Vocês dormiram juntos? Me conta tudo. Agora! – mas a sua expressão a fez mudar de tom em seguida. – Que cara é essa? O que houve?

Tudo o que Júlia não queria, naquele momento, era contar tudo para Liana. Teria de começar do princípio e não estava com ânimo algum para a empreitada. Trancou a porta, exausta, e se encaminhou para o interior do pequeno apartamento.

– Depois, Liana. Mais tarde.

Claro que não ia conseguir detê-la.

– Ah não! O que aconteceu? Vocês brigaram?

A constatação fez os olhos de Júlia marejarem outra vez.

– Não. Não brigamos. Começamos e terminamos. Só isso.

Liana a seguiu, enquanto ela se jogava sobre o sofá-cama do escritório, onde estava dormindo. Queria ficar ali, quieta, enroscada nos cobertores, até a dor passar.

– Ele ligou para cá, você tinha acabado de sair. Não acreditei quando se identificou e disse que precisava falar com você com urgência. Bem, eu falei que estava apresentando a defesa da tese e ele disse que iria te encontrar na universidade. – Estava séria, sentindo que o estado de Júlia não era brincadeira. – Quando não voltou para cá, nem telefonou, deduzi que estava com ele. Eu te conheço o suficiente para saber que não faria isso, a menos que fosse uma situação *muito* especial. Passou a noite com ele?

As lágrimas emergiram sem que conseguisse conter. Embora preferisse ter contado para Liana de outra forma, era bom ter um ombro amigo para dividir o peso que sentia no coração.

– Passei. Passei a noite com ele – disse, engolindo o choro. – Depois eu te conto a história toda.

– Mas o que aconteceu pra você estar assim? Vocês brigaram? Ele tem algum problema? – indagou, aflita.

— Claro que ele tem um problema, Liana! — Júlia exclamou, impaciente. — Fomos para a casa dos Hamptons e, no caminho, ele me contou aquela tragédia toda. Claro que ir para lá foi uma péssima ideia dele, em primeiro lugar, e minha, por ter aceitado. Tenho certeza que ele não planejou que a gente fosse passar a noite juntos... aquele lugar é sagrado para ele.

— E como aconteceu? — a amiga perguntou, ajeitando-se no sofá, ao seu lado, para ficar mais confortável. Alcançou uma caixa de lenços de papel sobre a estante e estendeu para Júlia. — Por que ele te levou para lá?

Júlia assoou o nariz, secou os olhos.

— Tinha um comprador interessado em ver a casa.

Liana estranhou.

— Mas nunca é o proprietário que mostra a casa, principalmente esse pessoal cheio da grana.

— Pois é, mas ele queria mostrar e me pediu *"por favor"* para ir com ele. Não me pergunte por quê. Depois, o cara cancelou.

— Cancelou? — Sua expressão de estranheza se acentuou. — Ah Júlia, isso foi armação — completou, convicta.

— Não, não foi. Isso eu sei que não foi — retrucou, novamente sem ânimo para continuar explicando e relembrar a noite incrível que passara com ele. — O Matheus é... ele...

— É, é complicado, minha amiga. Se eu soubesse que estava interessada nele, teria te dito isso com todas as letras.

Foi a vez de Júlia estranhar. Pensava que Liana já havia lhe dito tudo o que sabia. Ela suspirou, antes de recomeçar a falar.

— Não cheguei a acompanhar a história toda de perto, mas a minha mãe convivia com a Grace quando a filha e o neto morreram. Foi devastador para a família. Você pode imaginar. Mas parece que o Matheus ficou mal *mesmo*.

— Você já me contou isso. Eu sei, ele ficou mal e a Nathalie ficou com ele o tempo todo.

— Ele não ficou mal. Ele ficou *muito mal*... — murmurou, com uma ênfase mórbida nas últimas palavras. — Não foi à toa que a Nathalie não desgrudou dele. Dizem que se fechou de tal maneira que, até hoje, ela e os sobrinhos são os únicos a terem acesso a ele. Além desse contato com a Nathalie e as crianças, a vida do Matheus se resume a trabalho.

Júlia ficou tentando imaginar o que significava isso.

– *Muito mal* como? – perguntou, o estômago contraindo de angústia.

– Não sei. Sei que passou uma ou duas semanas numa clínica. A família não fala sobre isso. Então, vocês dormiram juntos naquela casa?

Júlia assentiu, os olhos úmidos outra vez.

– E depois ele terminou com você – Liana deduziu.

– Não... ele se afastou. Parecia que eu era uma estranha, uma intrusa – explicou, agoniada, a dor no peito emergindo com força. – Acordei sozinha na cama. Ele já estava vestido, pronto pra sair, esperando eu acordar para me levar embora. Eu me senti como uma mulher qualquer, uma estranha...

Liana fez um carinho em seu cabelo e a encarou com um olhar maternal.

– Olha, sei que Matheus é sedutor, que é um gato, mas, se eu fosse você, não me envolvia com ele.

– Tarde demais.

***

As duas almoçaram juntas. Júlia só conseguiu beliscar umas frutas, tomar um café. Enquanto comiam, Liana fez tantas perguntas que não teve alternativa senão contar tudo o que havia acontecido desde a festa de 15 de novembro.

Nando chegou ao fim da tarde, junto com Joaquim, pronto para se encontrar com a namorada para irem juntos assistir a uma sessão da mostra de cinema francês na universidade. Era um homem baixo, moreno, corpulento, com fartos cabelos pretos ondulados. Contrastava com a palidez europeia de Liana, mas os dois se davam tão bem que Júlia sentiu uma ponta de inveja.

– Vem com a gente! – Nando convidou. – Eu sei que você adora o Truffaut.

Júlia tinha se programado para ir, mas não estava com disposição para nada.

– Nem pensar. Quero ficar um pouco sozinha.

Joaquim havia passado também para buscar alguns livros. Um olhar mais atento dele foi suficiente para perceber que Júlia estivera chorando.

– O que houve?

– Nada.

Ele ergueu as sobrancelhas, desinteressado. Procurou os volumes sobre outros livros e papéis espalhados junto ao teclado, na escrivaninha.

– Tem falado com a Patrícia? – ele indagou, casualmente.

Júlia abraçou as pernas junto ao peito, desconfiada da pergunta.

– Você não tem?

Joaquim localizou o que procurava. Ele não chegara a tirar o casaco ao entrar em casa, apesar da calefação. Voltou-se para ela, depois cruzou os braços, recostando-se na estante.

– Não nos falamos desde que voltei para cá.

– E... – estimulou, para ver se ele lhe diria alguma coisa a respeito do relacionamento.

– Sinto falta dela – admitiu. Ele estava particularmente atraente, com um pulôver peruano sob o casaco de couro marrom e um cachecol vermelho escuro enrolado no pescoço. A calça larga, marrom, e as botinas de alpinista completavam o traje despojado, charmoso.

– Vai passar – ela disse, com simpatia. Apesar da aparente sinceridade, Júlia o conhecia e sabia que não sentiria isso por muito tempo.

Nando parou na porta rapidamente, inclinando-se para dentro. Liana se arrumava no único quarto da casa e Júlia podia ouvir os chinelos estalando de um lado para o outro.

– Vambora, Joca?

Joaquim se desencostou da estante. Antes de sair, voltou-se.

– Não quero que passe. Tchau. A gente se vê.

Júlia se despediu percebendo que havia, de fato, algo diferente em Joaquim. Liana já havia apontado isso, mas com a loucura e o estresse da defesa de tese, não tivera tempo de prestar atenção ao amigo. Embora não falasse muito a respeito, ele perguntava sobre Patrícia com frequência. E a irmã fazia o mesmo quando ligava.

A casa tornou a ficar em silêncio depois que todos saíram. Pensar no relacionamento de Joaquim e Patrícia a distraiu por algum tempo, mas logo as imagens, as sensações da noite anterior retornaram.

Tornou a se encolher no sofá, sentindo um aperto sufocante no peito. As lágrimas emergiram e, desta vez, não fez esforço para contê-las.

O celular tocou. Júlia ficou alguns minutos olhando para ele, o coração disparado. Só podia ser ele.

– *Hello* – atendeu, em inglês.

– Júlia, sou eu.

Era Matheus. Em vez da alegria que a voz dele proporcionava, ficou irritada. Não tinha nada para falar.

– Quero que me ouça – ele disse, controlado, como se a tarde tivesse lhe dado tempo para se recompor. – Voei de Londres a Nova York para te ver. Você não sai da minha cabeça desde o dia em que ficamos juntos a primeira vez. Te encontrar no *Réveillon* foi... eu... – mais uma vez, as palavras falhavam.

Júlia ficou em silêncio. Embora doesse ouvir, precisava entender o que se passava na cabeça dele.

– Quando eu te vi ali no meio daquela festa, foi como se o destino tivesse me dado uma segunda chance. E quase a perdi, de novo... A noite de ontem foi a melhor coisa que me aconteceu em muito tempo.

Júlia cobriu o aparelho com a mão para evitar que Matheus a ouvisse chorar. Queria dizer que sentia o mesmo, mas não o fez.

— Eu sei que a forma como agi hoje não reflete isso — ele continuou, a voz firme. — Não devia ter te pedido para ir comigo até lá. Não era minha intenção criar uma situação. Eu não planejei...

— Eu sei — ela interrompeu.

— Eu não estou arrependido do que aconteceu, Júlia. Pelo contrário — afirmou. — E quero te ver de novo. Eu preciso te ver de novo.

Júlia continuou em silêncio até sentir que podia falar com a mesma segurança que ele.

— Não dá — conseguiu dizer. — Agora não dá.

Matheus ficou mudo do outro lado da linha. Depois de algum tempo de silêncio entre os dois, ele disse:

— Tenho de voltar para o Rio daqui a dois dias. Quero te ver antes disso.

O telefone deu sinal de ocupado. Júlia desligou seu aparelho e tornou a deitar, a tristeza duplicada por conta de tudo o que ouvira.

**

A televisão lançava luzes intermitentes sobre seu rosto, sem som. Trocava de canal sem se deter em nenhum. Era meia-noite e meia. Júlia ouvia Matheus sussurrando em seu ouvido, sentia suas mãos quentes, ávidas sobre a pele, a pressão do peso dele contra o seu. Fechava os olhos e seus lábios retornavam, provocando as mesmas sensações que despertaram nos caminhos que traçara pelo seu corpo.

No entanto, essas impressões físicas eram menos dolorosas do que a distância que ele impusera. O discurso racional de Matheus e o desejo que sentiam um pelo outro eram legítimos, mas a necessidade de afastamento que ele demonstrara era igualmente poderosa.

Júlia não se lembrava de jamais ter dormido com alguém que tivesse a tratado daquela maneira, nem mesmo nos relacionamentos mais casuais. Entendia, apesar da mágoa, o quão difícil devia ser para ele permitir que alguém se tornasse tão próximo. Mas entender isso não diminuía sua dor.

Deixou de lado o travesseiro e levantou-se para ir até a cozinha. Abriu a geladeira, sem fome, querendo se distrair com alguma coisa. Tirou um resto de pizza fria que sobrara da noite anterior, uma lata de refrigerante, e comeu assim mesmo, sentada num dos bancos do balcão que separava a cozinha da sala.

O interfone tocou. Ela estranhou que os amigos não tivessem levado a chave. Esticou-se, alcançou o aparelho e atendeu.

– Júlia?

Júlia deu um pulo do banco. Engoliu a pizza que acabara de morder e respondeu.

– Matheus?

– Posso subir?

Ela vestia um camisão comprido velho, sem um pingo de batom e o cabelo solto despenteado. Foi a primeira coisa que avaliou, antes de responder, depois ficou irritada consigo mesma por estar se preocupando com isso.

– Está tarde. Tenho de acordar cedo amanhã – mentiu. Não estava preparada para encontrar com ele ainda.

– Por favor – ele insistiu.

Ela acionou o porteiro eletrônico. Correu até o quarto para vestir um roupão, prendeu o cabelo num rabo de cavalo e ainda procurava o batom dentro da bolsa quando a campainha tocou. Teve de virar a bolsa sobre a estante para localizá-lo. Passou um pouco no lábio inferior, para quebrar a palidez, e foi até a porta. Respirou fundo. As mãos tremiam.

Ele estava apoiado no batente, o casaco aberto com o cachecol pendurado no pescoço, já sem as luvas. Havia flocos de neve sobre seus ombros.

Júlia abriu espaço, convidando-o a entrar com um gesto.

– Quer um café?

– Não. Quero que me perdoe.

Reparou que ele estava vestido como se tivesse se arrumado com pressa, um pulôver vinho sobre uma camisa para fora da calça, debaixo do sobretudo.

— Não consegui dormir — continuou, as mãos enfiadas nos bolsos. — Não posso voltar para o Rio sem saber se me perdoa.

Júlia se aproximou.

— Não é questão de perdoar, Matheus.

— Eu quero estar com você. Quero ficar com você.

Era tudo o que Júlia queria ouvir, mas não podia fingir que não via o óbvio.

— Então, por que se afastou daquele jeito hoje?

Ele meneou a cabeça, cerrou os punhos.

— Porque eu sou um idiota! — exclamou, com raiva. — Eu não tinha de ter levado você para lá, foi burrice minha.

— E por que me pediu para ir?

— Porque você faz eu me sentir melhor. Eu não me sinto assim desde... há muito tempo, Júlia. Pedi que fosse comigo porque queria que estivesse lá — falou, agoniado.

— Está tarde, Matheus. Por favor — murmurou, aflita. Estava confusa, precisava pensar. Uma parte sua queria apenas abraçá-lo e ficar com ele, a despeito de qualquer coisa, mas outra sinalizava perigo iminente.

Ele a encarou.

— Não posso te dar todas as razões agora. Eu só sei uma coisa: quero que fique comigo. Quero que me encontre amanhã.

Júlia ia contestar, mas não conseguiu. Foi envolvida em seus braços, o calor de seu corpo, até então contido pelo casaco. Matheus beijou seu pescoço, apertando-a com força. Se continuasse, seria impossível deixá-lo sair. Afastou-o delicadamente.

— Está bem. Amanhã.

Júlia fechou a porta e retornou para o escritório. Deitou-se no sofá-cama, exausta, angustiada. Queria encontrá-lo tanto quanto ele. Queria perdoá-lo e esquecer o que tinha acontecido e ficar só com os momentos bons. Mas estava se enganando.

Foi até o banheiro escovar os dentes e, antes de pegar a escova, ficou se olhando no espelho. O que havia acontecido com aquela mulher tão racional, tão ponderada? Sentia-se como se tivesse mergulhado em um rodamoinho e estivesse sendo tragada por uma força maior do que a sua.

CAPÍTULO 8

Júlia saiu cedo para devolver os livros que pegara na biblioteca. O rádio anunciara temperaturas variando entre -5 e -8 graus. O céu azul-claro, sem sinal de nuvens, era prenúncio de um frio ainda mais intenso. Pelo menos, pensou, não estava nevando. Caminhou pela Broadway até a rua 116 e pegou a Av. Claremont até o Barnard College, que ficava a três quadras do apartamento de Liana. O prédio estava aberto e movimentado, apesar da hora.

Depois de deixar os livros, foi ao supermercado comprar mantimentos. Precisava voltar logo para casa, responder à tonelada de mensagens que havia abandonado em sua caixa de entrada, empacotar e enviar livros, textos e roupas por correio para o Brasil, de forma a evitar pagar excesso de peso demais na bagagem.

A passagem estava marcada para a semana seguinte. Na véspera, Liana havia planejado um "bota-fora" no apartamento. Convidara os amigos de turma, alguns brasileiros que moravam na cidade e colegas do grupo de canto coral. Mas ainda não convidara Matheus, o que pretendia fazer aquela noite.

Ao chegar em casa, carregada de sacolas, recebeu uma mensagem de Matheus, confirmando o encontro mais tarde, dizendo que o celular dela só dava fora de área e pedindo que o encontrasse, às oito, na casa dele. O endereço era na rua 42, perto da saída do metrô, na quadra do Central Park.

Júlia arrumou as compras nos armários e na geladeira, deu um jeito cozinha antes de preparar um macarrão com queijo para o almoço, que levou para frente do computador. Lembrou-se de Joaquim lhe dizendo que não queria que a saudade de Patrícia passasse. Parou em frente à tela, que começava a abrir os programas, e deu uma garfada no prato. *Será que Joaquim estava realmente envolvido com sua irmã?*, pensou.

A porta de entrada se abriu e, para sua surpresa, Joaquim entrou. De onde estava, podia vê-lo.

– Oi – disse, inclinando-se de lado para que ele também pudesse vê-la.

Joaquim tirou o casaco e pendurou ao lado da porta.

– Oi. Não sabia que estava em casa – ele falou, ao se aproximar. – Tem mais de onde veio isso? – indagou, apontando para o macarrão.

– Ainda está quente. O Nando e a Liana estão no laboratório – informou.

– Eu sei, vim de lá – ele retrucou, dirigindo-se para a cozinha.

Júlia pôde ouvir o ruído dos talheres e utensílios. Depois ouviu o estalo de uma lata de cerveja. Ele se aproximou com a travessa na mão, comendo a comida diretamente nela e pousou a lata sobre a estante.

– Tenho de esperar um resultado. Vim comer alguma coisa. Tenho de voltar logo.

Júlia assentiu. Continuou comendo enquanto abria o computador.

– Joaquim, me diz uma coisa – ela falou, desviando os olhos da tela e recostando-se na cadeira. – Essa sua história com a Patrícia...

Ele continuou mastigando, tomando goles de cerveja e olhando para Júlia, aguardando a pergunta.

– Você pediu a ela que largasse a faculdade para vir para cá?

– Eu ainda tenho um ano de doutorado pela frente.

– E ela tem a faculdade.

Joaquim pegou sua cerveja e se sentou no sofá, atrás de Júlia, que se voltou para ele.

– Você há de convir comigo que é mais fácil ela trancar a matrícula por um ano do que eu abandonar minha pesquisa no meio – ele falou, com convicção.

Júlia se inclinou para frente.

– Você está se candidatando a um pós-doutoramento. Ela sabe disso?

Ele sorriu.

– É o seguinte: ela tranca a matrícula e vem. Eu termino o doutorado. Voltamos para o Brasil e ela termina a faculdade. Depois eu vejo o pós.

A resolução deixou Júlia boquiaberta. Parecia que tudo estava resolvido.

– Como assim *"ela vem"*? Quando vocês decidiram isso?

– Ontem. Eu liguei depois do cinema e falei que não aguentava mais ficar longe. Ela vem em abril. Disse que ia te ligar para contar hoje de manhã. Pensei que já soubesse.

– Joaquim, a Patrícia tem vinte e dois anos – afirmou, como se fosse necessário lembrá-lo do fato.

– Vinte e três, em maio – ele retrucou, raspando a travessa para dar a última garfada no macarrão.

O prato de Júlia esfriava ao lado dela. Não sabia o que pensar. Como os dois podiam ter decidido isso tão depressa? Em sua opinião, aquela era a decisão mais estúpida que ouvira nos últimos tempos. Aquilo só podia acabar em desastre.

– Não pode estar falando sério. – Seu tom de voz, até então amigável, tornou-se hostil.

Ele franziu a testa, colocou o prato sobre a mesa de canto que ficava ao lado do sofá.

– Por quê? Ela quer vir e eu quero que ela venha.

– Até a hora que não quiser mais. Aí o quê, ela pega a malinha dela e volta pra casa? – demandou.

Joaquim estranhou a mudança radical de atitude.

– O que você quer dizer com isso?

– Ora, Joaquim. Só vejo você flertando, ficando, passando um tempo com uma, um tempo com outra e, no final, deixando esse monte de mulher apaixonada atrás de você. Desde quando você quer compromisso com alguém?

– Desde que conheci a Patrícia. Aliás, vou dar um desconto nesse teu discurso porque é irmã dela – falou, tentando não perder o bom humor.

Irritada além do que gostaria, Júlia levantou-se da cadeira e colocou as mãos na cintura.

– Pois eu vou falar com ela. Isso é um absurdo. Você acha o que, Joaquim, que ela vai largar a faculdade para ficar fazendo o que aqui? Lavando prato e servindo mesa enquanto você estuda? Quem vai sustentar ela em Nova York? A sua bolsa mal dá para um! Ela vai perder um ano de faculdade para lavar sua roupa, fazer sua comida? É isso que entende por gostar de alguém?

Joaquim arregalou os olhos diante do ataque. De repente, se levantou também, o que o fez crescer na frente de Júlia, que precisou erguer a cabeça para continuar a encará-lo.

– Quem disse que ela vai lavar minha roupa e fazer minha comida? Desculpe Júlia, mas não vou discutir com você uma coisa que não te diz respeito. É a Patrícia quem tem de tomar essa decisão. E ela já tomou. Sinto muito que não concorde. Quer falar com ela? Fala. Tenho certeza que já a alertou sobre todos os perigos a meu respeito. Mas duvido muito que ela mude de ideia – disse sério, mas calmo.

Júlia se arrependeu por ter se exaltado. Viu o amigo contorná-la em direção à porta, pegar seu casaco e sair. Tornou a se sentar na frente do computador. A lista de mensagens permaneceu intacta. Iria conversar com a irmã, sim, pois achava mesmo que era uma decisão precipitada. Eles mal se conheciam. Mas como podia condenar com tanta veemência algo que desejava acontecesse com ela própria?

***

Enquanto o metrô a levava, sacolejando, até a estação da rua 42, Júlia não conseguia parar de pensar no que dissera a Joaquim. Não conseguira falar com Patrícia e, aparentemente, sua mãe não estava sabendo de nada, pois não falou a respeito. Por que se sentia tão incomodada com isso quando estava indo encontrar Matheus? Devia estar agitada, feliz, empolgada. Mas estava apreensiva.

O vento gelado a obrigou a levantar o cachecol que havia enrolado no pescoço sobre a boca e o nariz. A sensação térmica baixava a temperatura em pelo menos cinco graus. Caminhou um trecho da avenida que margeava o Central Park e seguiu pela 42, cujo estilo dos prédios antigos, de quatro, cinco andares, era parecido com o de Liana. Encontrou o número que Matheus enviara e subiu os degraus até o interfone. Uma voz feminina atendeu e Júlia sentiu um frio na barriga. *Era só o que faltava!*

O portão automático se abriu e ela se deparou com um elevador antigo, de porta pantográfica. Enquanto subia muito lentamente, seu peito queimava por dentro. *Era só o que faltava!*, repetia para si mesma, pensando que Nathalie a aguardava no próximo andar.

Saltou, já pensando no que diria a ela e, depois, a Matheus. Não podia sequer imaginar a sua própria cara quando entrasse na casa dele. Mas se ela estava lá, porque ele pediu para ir? Só podia ser de propósito.

A irritação crescente a fazia pensar coisas cada vez piores. Quando a porta do apartamento 401 se abriu, se deparou com o sorriso simpático de Luciana e ficou desarmada, sem saber o que dizer.

– Entra – murmurou a jovem, seguindo para o interior, ignorando o quanto Júlia já havia esbravejado consigo mesma. – Senta, por favor. Fica à vontade. Desculpe, estou numa ligação. Já volto, rapidinho – falou, desaparecendo num dos quartos.

Júlia ficou sozinha na sala. Tirou o casaco, o gorro e as luvas. Imediatamente seus olhos percorreram a decoração. O conjunto de sofás claros, fofos, ao lado da lareira. Um abajur iluminando a sala com uma luz difusa. A vista para o parque por trás das cortinas. A mesa de jantar pequena, quadrada, com quatro cadeiras. Uma estante coberta de livros do chão ao teto ao lado da porta de entrada. Sobre o balcão que separava a sala da cozinha, um vaso de vidro com duas flores, copos-de-leite, abertas.

A simplicidade e o aconchego do lugar eram tão surpreendentes que a obrigaram a reavaliar a ideia de homem sofisticado que fizera de Matheus. Jamais imaginaria que a casa dele seria assim.

Seus olhos localizaram vários porta-retratos sobre a lareira. No maior deles, Matheus abraçava uma mulher cujos cabelos cacheados, ruivos, escapavam do gorro vermelho. Tinha olhos claros e uma boca bem feita, em formato de coração. Entre eles, um garoto sorridente de cinco ou seis anos muito parecido com o pai. Os três vestiam roupas de esquiar. No outro porta-retrato, a mesma criança, mais jovem, dando os primeiros passos, segurando a mão de Matheus. Um terceiro trazia o rosto de Carrie, os cabelos soltos emoldurando a face delicada, as sobrancelhas altas, arredondadas, sobre o feitio amendoado dos olhos. O sorriso suave marcava a expressão tranquila, serena. Ao lado do abajur, perto do sofá, encontrou a foto de Nathalie com os dois filhos e outra só das crianças. Devia ser recente, pois estavam do tamanho que os vira na festa de Ano-Novo. Fez um movimento na direção da lareira, mas se deteve ao ouvir passos.

Luciana ressurgiu, vestida de preto, os olhos contornados com delineador ressaltando a íris verde e o cabelo colorido preso com vários grampos de formatos e cores diferentes. Havia trocado o *piercing* de argola no nariz por um pontinho brilhante, que combinava com seus traços delicados. Ela se jogou no sofá à sua frente.

– Senta – a jovem insistiu. – Desculpa. Era o Otávio, do Brasil.

Júlia sentou. Sorriu, sem graça.

– Obrigada.

– O Matheus tá vindo – a jovem avisou. – Ele pediu que eu te avisasse que iria se atrasar e te fizesse companhia. Chegou alguém importante de algum lugar muito longe, tipo Tóquio, Singapura, ou *whatever,* e ele tinha de falar com o cara. Essas coisas que sempre *sobram* para ele – explicou. – Quer beber alguma coisa?

– Não, estou bem, obrigada.

Luciana ficou sentada e cruzou as pernas sobre o sofá, aconchegando-se melhor.

– Não sabia que estava Nova York – disse Júlia, mais à vontade pelo fato de Luciana estar tão relaxada. Deixou a bolsa ao seu lado.

— Cheguei hoje cedo. O Otávio está vindo me encontrar na semana que vem. Ele entra de férias e vem ficar uns dias comigo.

Júlia sorriu, ainda sem graça, agora por conta da referência ao ex-namorado. Seria natural falarem sobre ele, pois era algo que tinham em comum, além de ser uma estranha coincidência. Mas Luciana não abordou o assunto, então Júlia também não o fez.

— Legal vocês estarem saindo juntos — disse a jovem, simpática. Parecia estudar seu rosto da mesma forma que o irmão costumava. — O Matheus é outra pessoa deste que te conheceu.

Algo acendeu dentro de Júlia.

— Estamos saindo há tão pouco tempo...

— É, mas dá para ver a diferença.

— Como assim? — arriscou, para ver se Luciana era mais específica.

— Os olhos dele voltaram a brilhar. Eu pensei que Matheus fosse morrer de tristeza, depois do acidente. Eu vi meu irmão, todos esses anos, sair com algumas pessoas, mas nunca conseguiu estabelecer nada com elas. Eu tava bem preocupada que ele acabasse se casando com a Nathalie por causa das crianças. Mas aí você entrou em cena.

Júlia quase torceu para que Matheus não chegasse ainda. Precisava ouvir mais.

— Eles são tão próximos, Luciana. Seria natural que isso acontecesse, não acha?

A jovem se inclinou para frente.

— É o que todo mundo quer. Todo mundo, quer dizer, a família dela. Mas o Matheus nunca gostou da Nathalie deste jeito. Tenho de admitir que ela foi sensacional e segurou uma barra depois do acidente. Dela e dele: ela tinha acabado de descobrir que estava grávida, tava recém-separada e tinha perdido a irmã. Mas sabe o que eu acho? Que ela sempre foi apaixonada por ele, mesmo antes da Carrie morrer. Não que ela tivesse desejado a morte da irmã ou coisa parecida, mas o caminho ficou livre e ela tem todos os elementos para conquistar o Matheus. A Nathalie trata ele como marido e pai dos filhos dela. Tirando o fato de que eles não dormem juntos, pelo menos que eu saiba, é uma relação próxima demais. Agora ficou óbvio que ele não gosta dela, até pelo jeito que ele fala de você.

Embora o discurso de Luciana fosse muito favorável, Júlia ficou ainda mais ansiosa. Não tinha tanta certeza de que os dois não tivessem tido nada e se deu conta de que essa proximidade ainda o dividia.

– E o que ele fala de mim? – perguntou, sentindo as maçãs do rosto esquentarem.

Luciana fez cara de criança arteira.

– Matheus contou sobre a noite que se conheceram. Fiquei abismada, ele nunca fala nada sobre essas coisas. Não me contou detalhes, óbvio. Disse ter conhecido uma mulher e foi como encontrar um farol numa tempestade. Aquela noite foi um pesadelo pro Matheus, até o momento em que te encontrou. Ele disse: *"ela falou comigo e foi como se uma luz quente me envolvesse."* Foram essas as palavras. Ele nunca te contou?

Uma onda de emoção se espalhou pelo seu corpo com tanta intensidade que quase a sufocou. Concentrou-se para evitar que seus olhos se enchessem de lágrimas. Inspirou profundamente, diante do olhar atento de Luciana.

– Sabe por que estou te contando isso, Júlia? Porque conheço meu irmão. Ele perdeu as pessoas que mais amava nesse mundo. Acho que já tinha desistido de permitir que seu coração se abrisse outra vez. Ele não ama a Nathalie, mas...

A porta do apartamento se abriu nesse instante e Luciana se calou. Matheus surgiu na porta e sorriu ao ver as duas conversando.

– Desculpe te deixar esperando, Júlia – ele disse, se aproximando e inclinando-se para lhe dar um beijo rápido nos lábios. – Essa pirralha está cuidando bem de você? – indagou, em tom de brincadeira.

Luciana se recostou no sofá e ergueu o rosto para receber um beijo na face.

– Eu tava dizendo para ela o quanto estou feliz por estarem juntos.

Matheus tirou o casaco. Estava de terno cinza escuro. Era a primeira vez que Júlia o via vestido assim. O corte moderno lhe caía bem. Ele puxou o nó da gravata azul e o desfez, deixando-a pendurada no pescoço sobre a camisa cinza clara.

– Não acredite em nada do que ela diz! – exclamou, encaminhando-se para o interior levando a pasta e o paletó que também havia tirado. Aquele comportamento relaxado, íntimo, acabou desfazendo o resto da ansiedade que sobrara depois do que Luciana lhe dissera. – Vou tomar uma chuveirada e a gente sai – ouviu-o dizer, do quarto. Pôde ouvir a água do chuveiro cair.

– E o Otávio? – Júlia indagou, mudando de assunto, receando que Matheus as ouvisse.

Ela encolheu os ombros, bem-humorada.

– Ele é um *caretão*! Mas um fofo. Eu me divirto com o jeito dele de achar que tudo é sério, profundo. No começo, achava um saco, depois fui vendo como o humor dele é sofisticado.

– É verdade. Mas como se conheceram, como se aproximaram? Vocês são realmente muito diferentes.

– A gente se conheceu no casamento de uma amiga minha com um amigo dele. Ele bebeu um pouco demais e acabamos dançando a noite inteira. Claro que não levei a sério quando pediu meu telefone e me chamou para sair. Dispensei, lógico. O que eu ia fazer com aquele *mauricinho*?

A descrição fez Júlia rir consigo mesma. Não podia sequer se imaginar de novo com o Otávio.

– Ele me ligou tantas vezes que acabei saindo só pra ver se desistia depois que me conhecesse melhor. Eu é que acabei gostando. Tem um tremendo *bad boy* enrustido por trás daquela caretice toda – disse Luciana, rindo. – No fundo, nem ele é tão careta, nem eu sou tão rebelde. A gente tem mais em comum do que as aparências revelam – completou, misteriosa. – E você, o que sente por ele?

A pergunta pegou Júlia de surpresa.

– Nada! A gente terminou há muito tempo.

– Pelo Matheus – Luciana se corrigiu.

Não se intimidou com a pergunta direta. Depois de tudo o que tinha ouvido, não podia se omitir.

– Estou apaixonada. E com medo.

Luciana franziu as sobrancelhas exatamente como o irmão fazia.

– Entendo seu medo.

Júlia preferia ter ouvido que não havia motivo para ter medo, mas prosseguiu.

– Antes de vir para Nova York, vi o Matheus e a Nathalie andando juntos na praia com as crianças. Estavam de mãos dadas, como um casal – disse, em voz baixa, relembrando a cena. Lembrou-se também do afastamento dele na manhã anterior. – Tem momentos, Luciana, que me sinto nadando contra a maré...

A jovem suspirou e a encarou, compreensiva e firme.

– De certa forma está, Júlia. E vai ter que ter fôlego.

CAPÍTULO 9

Matheus retornou para a sala vestindo uma blusa larga vermelho escura, de tecido cru e gola canoa, sobre uma calça bege. O cabelo úmido, ligeiramente desarrumado, caía sobre seus olhos. Trazia uma garrafa de vinho tinto e três taças nas mãos.

Luciana se levantou do sofá ao ver o irmão e disse:

– Bem, está na minha hora.

Matheus pousou as taças sobre o balcão da cozinha.

– Toma um vinho conosco – ele convidou.

A jovem foi rapidamente até o quarto e voltou com a mochila.

– Não dá. Combinei com uma amiga de ir a uma exposição – disse, vestindo o casaco. – Já estou atrasada. – Pendurou um cachecol multicolorido no pescoço, foi até o irmão e o beijou. – Aliás, Matheus, não me espere. Vou dormir na casa dela.

– Que amiga é essa? Onde é essa exposição? Onde é a casa dela? – indagou, desconfiado.

Luciana riu.

— A Josie, do curso de pintura, lembra? O antigo professor da gente está expondo numa galeria no Soho. Ela mora lá e, então, é mais fácil eu dormir na casa dela, assim não tenho que voltar tarde. Você tem o telefone, tá registrado no seu celular – explicou, pacientemente, indo na direção de Júlia, que se levantou e veio lhe dar um beijo também.

— Tchau. A gente se vê.

— Tchau, Luciana. Obrigada pela companhia.

Depois que Luciana saiu, Matheus trouxe as taças cheias e veio sentar ao seu lado no sofá. Beijou-a na boca antes de lhe passar o vinho.

— Desculpe o atraso. Surgiu um problema... – começou a dizer, mas desistiu. Sacudiu a cabeça para os lados. – Esquece.

Júlia sorriu.

— Tudo bem. Não me disse que Luciana estava aqui.

— Eu também não sabia que ela vinha. Ela insiste que me avisou. Disse que tínhamos combinado isso no Natal e que estou ficando esclerosado – explicou, rindo. – Mas se ela tivesse dito que vinha, eu me lembraria.

— Não tenho a menor dúvida – Júlia concordou. – Você e sua memória fotográfica.

Os dois estavam muito próximos e foi como se tivessem se dado conta disso ao mesmo tempo. Matheus deixou a taça sobre a mesa de centro. Beijou-a novamente e tirou o copo da mão dela, pousando-o no chão.

Ele ainda estava com aquele cheiro fresco de banho, um perfume suave na pele quente, que deixava Júlia zonza de desejo. Os lábios úmidos desceram por seu pescoço, os dedos decididos se infiltravam em seu cabelo e deslizaram sobre o tecido fino na blusa. Sabendo que ou paravam agora ou não parariam mais, Júlia abriu os olhos e ergueu o rosto.

— Aonde nós vamos?

Ele retrocedeu um pouco.

— Quer sair para comer? Tem um restaurante aqui perto muito simpático.

— Está muito frio lá fora — Júlia murmurou, sorrindo.

— Podemos pedir alguma coisa e ficar por aqui mesmo — ele disse, inclinando-se sobre ela outra vez. Beijaram-se e foram descendo juntos sobre o sofá macio. — Eu já te disse o quanto você está linda? — sussurrou em seu ouvido, explorando sua orelha e pescoço, fazendo seu corpo inteiro reagir.

Ela passou as mãos por baixo da camisa dele, seguindo o traçado da coluna e os músculos das costas, descendo até a altura da calça. Enquanto isso, Matheus afastava uma das alças de seu sutiã por sobre o ombro, sob a blusa de seda que usava, a língua sobre a pele de seu colo.

O celular tocou alto e Júlia se assustou. Matheus também se assustou e se deteve, estranhando, como se não estivesse esperando nenhuma ligação. Ele ignorou a chamada, sem olhar para o visor, e seguiu explorando seu colo, descendo sobre seu seio. O celular registrou a chegada de uma mensagem.

Para a surpresa de Júlia, ele não resistiu. Esticou o braço para alcançar o celular, olhou algo no visor e discou de volta. Colocou para trás os cabelos que caíam sobre os olhos e falou, a voz rouca.

— *Hi Nathalie. No, I've just arrived. Is everything all right with the kids?*

Júlia se ajeitou no sofá, voltou a alça do sutiã para o lugar, disfarçando o nascente mau-humor. Ouviu-o conversar com a cunhada e explicar que viera a Nova York apenas por alguns dias. Aparentemente, ele não avisara que estaria na cidade esta semana.

Júlia pegou a taça de vinho e Matheus se levantou do sofá, falando enquanto andava com o telefone no ouvido, argumentando que não teria tempo de ir a Portland, onde estavam Nathalie e as crianças, passando férias. Perguntou mais uma vez se as crianças estavam bem e ficou em silêncio, assentindo de vez em quando. Pediu para falar com Jenny e mudou o tom de voz ao conversar brevemente com ela. Logo o telefone retornou para Nathalie.

Enquanto conversavam, Matheus parecia evitar ter de dizer que estava acompanhado. Não prolongava o assunto, mas também não o encerrava. Quando finalmente colocou o aparelho sobre a bancada da cozinha, o clima romântico já estava desfeito.

— Minha assistente ligou para ela ontem pensando que ia me encontrar lá e disse que eu estava em Nova York — disse, tentando soar casual.

— A Nathalie sabe que estava comigo? — indagou, sem conseguir evitar um leve toque de ciúme.

Ele retornou para junto dela, no sofá, trazendo a garrafa de vinho. Sentou-se e se serviu novamente, depois de conferir que a taça de Júlia ainda estava cheia.

— Não.
— Ela sabe sobre nós?

Matheus recostou no sofá, colocou o braço por cima do encosto e alcançou seu cabelo. Afagou uma das mechas, acariciou seu rosto.

— Não.

O instinto de Júlia dizia que havia algo mais por trás daquela resposta. A frágil segurança que tinha conquistado até o presente momento caiu por terra.

— Existe alguma coisa entre vocês?
— A Nathalie é uma grande amiga — ele respondeu.

Júlia continuou séria. A resposta evasiva só serviu para deixá-la mais insegura.

— Ela gosta de você — afirmou, querendo esclarecer aquele assunto de uma vez por todas.

— Eu sei que dizem isso.
— O que sente por ela, Matheus?

Ele ficou sério e retrucou, impaciente.

— Onde você está querendo chegar?

Ela o encarou de volta, igualmente séria.

— Quero entender. Só isso.

— Não há nada para entender além do que eu já te disse — ele retrucou, erguendo-se outra vez. — A Nathalie, a Jenny e o Thomas são o que sobrou da minha vida. Eles *salvaram* a minha vida. Se você não é capaz de lidar com isso, sinto muito — falou, irritado.

A reação de Matheus foi mais reveladora do que tudo que ouvira sobre aquela história. Mas não queria brigar com ele.

— Pelo amor de Deus, eu não quero afastá-los de você — explicou. — Sei o quanto eles representam na sua vida. Entendo a sua história e estou apaixonada por você com tudo o que você é — completou.

Matheus desviou o olhar para a janela, onde a neve fina caía suavemente.

— O que sei é que todas as vezes que nos aproximamos mais, você se afasta — Júlia continuou.

Ele tornou a encará-la, mais calmo.

— O fato de conviver com ela não significa nada além de amizade. A Nathalie ligou. Vai ligar outras vezes enquanto estivermos juntos. Vou participar da vida deles, como sempre fiz. Não vou abrir mão disso.

— Não estou pedindo para abrir mão. Mas nem sequer consegue dizer que estamos juntos, Matheus. Ou que está se relacionando com uma mulher. O que quer que eu pense?

Ele retornou para o sofá e sentou. Tomou o resto de vinho que havia na taça.

— Estamos saindo há pouco tempo, ainda não tive chance de conversar com a Nathalie e não vejo motivo para ter pressa — disse, alcançando uma caixa retangular que havia sobre a mesa de centro, de onde tirou um cigarro. Recostou-se outra vez, trazendo o isqueiro na mão.

Foi a vez de Júlia ficar indignada com aquela atitude casual.

— Como *pressa*? Não é questão de pressa. Se quer falar ou não, cabe a você decidir. Mas não seria tão difícil se fossem apenas *grandes amigos*. Desculpe, mas não posso acreditar que nunca tenha acontecido nada entre vocês — falou, ciente de que corria o risco de ouvir o pior. Mas precisava saber a verdade. — Matheus, se quer ficar comigo, como disse ontem, temos de poder falar sobre isso.

Ele ficou em silêncio por alguns segundos.

— O que aconteceu entre nós foi há muito tempo e acabou. Não significa nada.

Júlia retornou para o sofá, cansada. Tomou um gole do vinho, para aliviar a garganta seca. Estava tensa e uma desagradável dor de cabeça começava a se manifestar.

– Então *aconteceu* alguma coisa.

Matheus recostou e acendeu o cigarro.

– Pensei que tinha parado de fumar – Júlia disse, sem se intimidar com a postura evasiva.

– Eu tinha.

– O que houve entre vocês?

– Ficamos juntos uma vez, logo depois do acidente – ele respondeu. Depois respirou fundo e mudou o tom de voz. – Não quero falar sobre isso. Por que não saímos para comer? Estou com fome.

A recomendação que Luciana havia feito naquela noite lhe voltou à memória. Precisaria ter fôlego. Aquela era apenas a quarta vez que saíam juntos. Tinha consciência de que estava pressionando demais. Por outro lado, não tinha mais clima. Pensou bem se ainda queria sair com ele depois daquela conversa e chegou à conclusão que não.

– Pois eu perdi o apetite – murmurou, levantando-se e pegando a bolsa que havia ficado espremida entre uma almofada e o braço do sofá. Encaminhou-se para a porta.

Surpreso, Matheus também se levantou.

– Como assim? Você vai embora?

– Vou para casa. Quando quiser falar sobre isso, me liga – disse, mais sarcástica do que gostaria ter soado. Não era do seu feitio, no entanto, deixar as coisas no ar. – Não. É melhor não ligar.

Estava com a mão sobre a maçaneta quando ele a alcançou.

– Que droga, Júlia! Não quero falar sobre o que já passou. Será que não tenho esse direito? – exclamou, com raiva. – Eu não tenho nada com a Nathalie. Quantas vezes vou ter que te dizer isso? O que mais quer ouvir de mim?

– Você tem todo o direito do mundo – Júlia retrucou. – Será que não percebe? Não é o que você diz, é o que você faz.

Pegou o casaco que estava pendurado ao lado da porta e o vestiu. Quando estava pronta, virou-se para ele, que a encarava atônito. Chegou mais perto.

– Tem razão. Isso não tem nada a ver com a Nathalie. Todas as vezes que ficou comigo, Matheus, foi para aplacar seu coração – falou, com firmeza. – Na festa, no *Réveillon*, quando dormimos juntos. Posso ser um alívio para você, para seu sofrimento. Mas não posso ser só isso.

– Não é verdade – ele retrucou, controlando o tom impaciente da voz.

– Você disse que não gostava do Otávio porque ele não estava sendo honesto com sua irmã – Júlia interrompeu. – Pois você não está sendo honesto comigo. Pior. Não está sendo honesto com você mesmo. Não está disponível, Matheus... – Aproximou-se dele e pousou a mão sobre seu coração. – Aqui. E não consegue suportar a ideia de ser feliz. Isso seria como deixá-los morrer um pouco mais.

Júlia havia chegado ao limite. A cena que presenciara na festa de 15 de novembro se reproduziu. Os olhos de Matheus gelaram. A expressão se tornou impassível, como se as fontes de energia que conectassem as emoções tivessem sido rompidas. Um abismo se abriu entre eles.

Da mesma forma como Nathalie havia se erguido do chão, exausta, vencida, para ir embora da festa sozinha naquela noite, Júlia deixou a mão deslizar para baixo e se virou novamente para a porta.

Desta vez, ele não a impediu.

A lentidão torturante do elevador, que rangia e estalava enquanto subia ao quarto andar, era demais para a angústia de Júlia. Desceu pelas escadas, as pernas bambas por causa da adrenalina, o barulho do salto da bota ecoando pelo prédio. Ao chegar ao térreo, estava ofegante. Dali pôde ver a neve caindo suavemente sobre os carros e a calçada.

Estava ciente de que ultrapassara um limite e criara um impasse. O impedimento de Matheus era de tal ordem que suas palavras apenas não conseguiriam rompê-lo. Apesar de ter perdido sua família há quatro anos, estava permanentemente conectado a ela através de Nathalie das crianças.

Júlia saiu do prédio e desceu as escadas à procura de um táxi, mas seria pouco provável encontrar um ali. Seguiu pelo mesmo caminho que chegara, rumo ao metrô. Quando estava quase na esquina, um táxi parou no sinal, miraculosamente vazio. Ela abriu a porta, entrou e deu ao motorista o endereço de Liana.

Percebeu que havia deixado o cachecol na casa dele. Estranhamente, foi essa constatação que permitiu a emoção emergir. Sentiu um aperto no coração, como se deixasse para trás uma promessa de felicidade. Tinha certeza de que, depois do que dissera, Matheus não a procuraria mais.

O sinal abriu. O motorista ia dar partida, mas freou bruscamente, e Júlia foi obrigada a se segurar no banco. Percebeu um vulto ao seu lado. Matheus bateu no vidro, para que o abrisse. Baixou a janela, o coração novamente disparado.

Ele estava com o casaco preto fechado, os ombros e os cabelos salpicados de branco, as maçãs do rosto vermelhas por causa do frio. Seus olhos flamejavam, num misto de ansiedade e raiva. Reclinou-se um pouco para falar alguma coisa e Júlia pensou que fosse gritar com ela. Mas ficou calado e lhe passou o cachecol. Depois, deu dois tapinhas no capô e disse ao motorista.

– *You can go now. Thanks*.

CAPÍTULO 10

O frio do inverno se intensificara no final de fevereiro, provocando tempestades de neve que haviam fechado estradas e causado transtornos na vida dos nova-iorquinos. Mas o primeiro sábado de março começara com um sol brilhante, luminoso, pairando num céu límpido, embora a temperatura ainda estivesse abaixo de zero.

Liana ajudava Júlia a fechar a última mala enorme e as três outras, lotadas, além da mala de mão e a valise com o computador. As duas ainda estavam de ressaca por causa do excesso de bebida da festa de despedida, na noite anterior. Os colegas da faculdade e os amigos que fizera durante os dois anos de estudo compareceram, lotando o pequeno apartamento. Foi emocionante. Não imaginou que tanta gente se importaria em se despedir dela.

Tentou ao máximo se divertir. Havia momentos em que conseguia esquecer tudo o que havia acontecido, mas, na maior parte do tempo, seu pensamento retornava a Matheus, ao seu silêncio, ao que dissera a ele e se arrependera. Não tinha o direito de dizer tais coisas. Luciana dissera que precisaria ter fôlego. E ela não tivera.

Nando entrou em casa com Joaquim. Retornavam do laboratório e depositaram seus casacos no cabideiro, ao lado da porta.

– Tudo pronto? Precisam de ajuda? – perguntou Nando.

Liana se voltou para o namorado, suando, já que se esforçara para pressionar a tampa da mala junto com Júlia, de forma a encaixá-la com a outra parte, e não conseguira.

– Vê se você consegue – disse, sentando-se sobre ela.

Nando precisou fazer força nas laterais para que o zíper deslizasse.

– Essa mala vai explodir no bagageiro – brincou, enquanto terminava de fechar o outro lado. – Pensei que já tivesse despachado tudo, Júlia. Como conseguiu juntar tanta tralha em dois anos?

Júlia sentou-se na cadeira junto à estante. Sorriu, sem entusiasmo.

– O nome disso é Bloomingdale's – ouviu atrás de si. Joaquim entrou no escritório com uma lata de cerveja na mão. – Mal de família.

Ela se voltou, abismada.

– Até parece que você conhece minha família assim tão bem – Júlia retrucou, irônica.

– Aposto que metade disso aí é para a Patrícia. Perda de tempo e dinheiro. Ela já está chegando.

Patrícia chegaria no início do mês seguinte. Júlia havia conversado com a irmã pelo telefone durante duas horas até se convencer de que ela não havia tomado aquela decisão por impulso. Estava feliz e, já que sua história de amor não havia dado certo, torceu para que, pelo menos, a deles desse.

– Até lá, a liquidação já acabou.

– A que horas é seu voo? – Nando perguntou.

– Quase meia-noite. Tenho de estar no aeroporto às oito para despachar isso tudo.

Nando conferiu o relógio. Voltou-se para o amigo.

– Tem tempo. Liga lá a televisão, o jogo vai começar. Vou pegar uma cerveja – disse, encaminhando-se para a cozinha.

Joaquim obedeceu. Quando os dois saíram, Liana se jogou no sofá, exausta, e se recostou, esticando as pernas sobre o estofado.

– Não vai ligar para ele?

Júlia estranhou. Liana estivera excepcionalmente calada o dia inteiro.

– Para quem?

A amiga fez cara de impaciente.

– Pro Matheus! Quem mais? Não vai ligar, nem para se despedir?

Júlia sentiu o peito doer. Esteve diversas vezes com o telefone na mão para ligar. Mas sabia que não podia fazê-lo. Seu silêncio demonstrava claramente que não queria mais vê-la.

– Liana, já pedi para não tocar nesse assunto – retrucou, chateada.

– Sei lá, pensei que, se ligasse, poderiam se encontrar...

– Ele nem está mais em Nova York, com certeza. Já deve ter voltado para o Brasil há muito tempo. Além do mais, não nos falamos desde aquela noite. É óbvio que ele não quer falar comigo. Vamos mudar de assunto?

Ela assentiu com a cabeça. Ficou um segundo em silêncio, depois murmurou.

– Você pegou pesado.

Júlia sentiu outra vez aquela dor no peito.

– Não precisa ficar me lembrando – falou, mal-humorada.

– Ele ainda está em Nova York.

Júlia arregalou os olhos, surpresa.

– Como você sabe?

Ela suspirou.

– Falei com a minha mãe ontem à noite. Ela disse que a Grace comentou que a Nathalie tinha voltado de Portland e que tinha vindo para cá com as crianças. Ela mora num apartamento em frente ao Central Park, perto do Dakota. Um espetáculo, parecido com a cobertura da Av. Atlântica.

Do lado da casa dele, Júlia pensou. A dor no peito se intensificou. Com certeza, ela desconfiara de alguma coisa e veio correndo. Além do mais, depois do que dissera a Matheus, provavelmente ele decidira ficar com a cunhada. Fechou os olhos, sentindo a angústia se expandir e os olhos marejarem.

– Liga para ele, Júlia – a amiga insistiu.

– Me admira você, que nunca deu força para que eu ficasse com ele. Você mesma disse para eu não me envolver.

– Só que você está um *lixo* – Liana retrucou, carinhosamente. – Desde que vocês brigaram, está aí, se arrastando pela casa. Se está tão apaixonada, corre atrás.

Júlia andava deprimida, de fato. Não tinha ânimo para se arrumar nem para sair. Passara a semana trocando de sofá, da sala para o escritório. No fundo, ficava esperando uma ligação, um contato dele. Só que não tinha mais esperanças.

– Atrás de que, Liana? – falou, desanimada. – O Matheus não quer ficar com ninguém. Ele precisa da Nathalie. Fica revivendo a história dele com a Carrie através dela e das crianças. Enquanto *ele* não se der conta disso, é nadar contra a maré.

Lembrou-se novamente de Luciana, no que dissera sobre a dificuldade de Matheus e, também, sobre a forma como ele a descreveu na noite em que se conheceram: "*um farol na tempestade*", "*uma luz quente*". Recolheu as pernas contra o corpo, fazendo pressão contra o peito, para ver se o aliviava. Recostou a testa contra os joelhos.

Liana se levantou.

– Vou pegar um café para nós duas – disse. Antes de sair para a cozinha, parou ao seu lado e lhe deu um beijo no alto da cabeça. –

Vai passar, querida. Vai passar.

Júlia dissera isso a Joaquim com o mesmo tom de simpatia e condescendência de quem tem certeza de que aquela história não podia dar certo. *Tem de passar,* pensou. *Tem de passar.*

***

Nando, Liana e Joaquim se despediram dela na porta do táxi, até onde haviam levado suas malas. Abraçou-os afetuosamente. Sentiria falta do casal, mas estariam no Rio nas férias do verão americano. Joaquim também a abraçou. Seu rosto estava iluminado com a perspectiva da chegada de Patrícia.

— A gente se vê em breve, cunhada — murmurou, rindo.

Júlia entrou no táxi com os olhos cheios d'água. Deixava Nova York com um vazio dentro de si, como se nada do que fosse encontrar no Rio valesse muito a pena. Tentou se animar com a perspectiva da publicação da tese, com a possibilidade de dar aulas, o que viabilizaria, talvez, a chance de alugar o próprio apartamento pela primeira vez.

No entanto, voltava para uma vida que não incluía Matheus. Jamais antes considerara compartilhar sua vida com ninguém, de verdade. Quando estivera prestes a se casar com Otávio, percebera isso e corrigira o erro a tempo. Mas não era esse o caso.

Suspirou, tentando afastar esses pensamentos, observando as ruas que costumava atravessar apenas de metrô. Sentiria falta de Nova York, do silêncio das ruas misturado aos sons das sirenes; da diversidade de raças, culturas e credos que se entrecruzavam nas avenidas; da efervescência de eventos que tornavam os dias curtos demais; das pequenas lojinhas escondidas nos subsolos; da silhueta dos arranha-céus da cidade.

Sentiria falta dos dias agitados da faculdade, de correr de um prédio para o outro, carregada de livros, sob a chuva de outono; das horas de pesquisa mergulhada no silêncio ecoante da biblioteca; do chocolate quente com creme da cafeteria. Recostou a cabeça para trás no assento, apreciando a vista noturna enquanto atravessavam uma das pontes que levavam ao continente.

De repente, notou que o Aeroporto John F. Kennedy ficava no sentido oposto ao que o motorista havia tomado. Seu estômago contraiu de medo. *Não, pensou, não pode ser... talvez fosse um atalho, um caminho novo que eu não conheço*, pensou. Mas continuou tensa. Endireitou-se no banco e começou a ver placas sinalizando Long Island.

Chamou a atenção do motorista, indagando se estavam no caminho certo. Ele balançava a cabeça e fazia o sinal de "*okay*" com os dedos, bem humorado. Dizia que o caminho era aquele mesmo.

Quando entraram na estrada que levava a Long Island, Júlia saltou no banco. As cores fugiram de seu rosto. Agarrou-se à bolsa, catando o celular no meio das carteiras com passagem, passaporte e a enormidade de tralha que costumava carregar. Tinha de avisar alguém. Estavam em alta velocidade, ponderou, não podia se jogar para fora do carro ou morreria. Tomou coragem e disse ao motorista, controladamente, que se não parasse imediatamente, chamaria a polícia.

O motorista, assustado, obedeceu. Sinalizou com o pisca alerta e parou no acostamento. Júlia estava com a mão na porta, pronta para sair correndo, quando ele se voltou, muito confuso, e disse que aquele era o caminho para os Hamptons. Era para levá-la até lá, que o haviam contratado.

***

Foi recebida na porta da casa de Matheus por uma mulher simpática com ar de executiva e um rapaz jovem, que tirou as malas do táxi, o pagou e as levou para o interior. Ela avisou simplesmente que o Sr. Michaelis estava à sua espera, colocou uma chave sobre o aparador ao lado da mesa de jantar e saiu.

A sala estava vazia e silenciosa. Júlia conferiu a hora, ainda atordoada demais para compreender como tinha ido parar ali: faltavam dez minutos para as oito. Não estava achando a menor graça naquele "sequestro" e estava ainda mais irritada por Matheus não estar em lugar algum à vista. Como ousava tirá-la de seu caminho, fazê-la perder seu voo? Aliás, como conseguira fazer isso? Só podia ter contado com a ajuda de Liana, ponderou, já irritada com a amiga, por tabela.

Não havia nenhuma luz acesa no andar superior da casa. Parou na beira da escada, tentando ouvir algum ruído, mas era o mesmo silêncio da sala. Aproximou-se do vidro da porta que levava ao jardim. Ali também estava muito escuro, nem mesmo as luzes da piscina estavam acesas.

Encaminhou-se para a cozinha e também a encontrou vazia. Um detalhe, no entanto, chamou sua atenção. A porta que dava para os fundos estava aberta. De lá, podia ver o pequeno portão de ferro, também aberto, e a lareira do pátio apagada. A estradinha que levava ao mirante, ladeada por árvores esguias e altas, estava iluminada. Já podia ouvir o barulho do mar. Seguiu pela trilha, a intuição lhe dava certeza de que o encontraria lá.

O vento gelado do mar atingiu seu rosto. Estava tão frio que a obrigou a protegê-lo com a mão. Lembrou-se da noite que fora até ali pela primeira vez e descera os íngremes degraus de madeira com cuidado para não escorregar. A iluminação era a mesma. Avistou os focos que deixavam entrever a escada lateral de acesso para a praia. No lado oposto, exatamente como há quatro meses, havia um vulto.

Matheus virou-se para ela, o casaco fechado com a gola levantada até as orelhas para proteger o pescoço do vento, as mãos enfiadas nos bolsos. Podia ver parte do seu rosto iluminado pela luz amarela do lampião. Desceu até ele, ignorando o ruído das botas que explodiram contra o piso. Parou à sua frente.

– Tenho de ir... ou perco o voo – Júlia disse, repetindo as últimas palavras que ele dissera na noite que se conheceram. – Por que me trouxe aqui?

Matheus a encarava, sério, e deu um passo à frente. Pegou sua mão e a segurou com força contra o próprio peito.

– O meu coração se espatifou numa montanha há quatro anos,

Júlia – murmurou. – Dizem que o tempo cura. Não cura. Não deixa de doer. Nunca. A gente só se acostuma com a dor.

Aquela colocação a pegou de surpresa.

– E dói. Todos os dias.

Ele fez uma pausa, tentando controlar a emoção que emergia, depois prosseguiu.

– Tive de lutar contra mim mesmo esses anos todos para não enlouquecer. Ainda preciso repetir para mim mesmo, todos os dias, que ter sobrevivido não foi minha culpa.

Os olhos de Júlia se encheram de lágrimas. Ela podia sentir seu coração batendo forte, rápido, sua respiração entrecortada.

– Eu não quero esquecê-los. Não quero que eles se percam na minha memória. Ao mesmo tempo, a cada minuto, mais um detalhe deles se perde, se apaga – ele murmurou, rouco. – Você tem razão. Estar com você, feliz, é deixá-los morrer... – a voz turvou e as lágrimas escorreram pelo seu rosto. Ele passou a mão nos olhos, impaciente. – É permitir que partam.

Um novo silêncio se instalou. As ondas lambiam as pedras e o ruído que chegava até eles era suave, distante. Em seguida, ele falou, mais controlado.

– Não quero que você fique porque me aplaca. Mas porque é a chance que tenho de amar de novo. Você me faz feliz como Joshua disse que eu seria... aqui nesta casa... Por isso, conhecer você aqui foi tão importante. E, por isso eu te trouxe para cá.

Matheus olhou na direção da casa e disse:

– O Sr. Johanson veio ver a casa hoje – prosseguiu. – Eu ia fechar o negócio quando percebi o erro que estava cometendo. Eu estava abrindo mão deste lugar assim como estava abrindo mão de você. Eu já perdi demais nessa vida, Júlia. E não posso, não vou te perder.

Antes que dissesse mais alguma coisa, Júlia o beijou. Sentiu seus braços a envolverem. Abraçou-o com força. Acariciou seu rosto, passou os dedos nos caminhos úmidos traçados em sua face. Beijou seus olhos, os cílios molhados, a boca. Depois o encarou, curiosa.

– Como é que você conseguiu...

– A Liana ajudou – falou, interrompendo-a.

Júlia se lembrou que a amiga ficara um pouco esquisita depois de um telefonema que a ouvira atender enquanto terminava de se vestir. Chamara o táxi para ela. Mas não desconfiara de nada.

– Você tem noção de que perdi o voo e não tenho mais para onde ir – disse, sorrindo.

Matheus segurou seu rosto. Júlia reparou que seus olhos brilhavam. Já não via mais o tormento que tanto a impressionara. Estavam claros como água sob o reflexo da luz do lampião ao seu lado.

– Fica comigo – pediu. – Fica aqui comigo.

Ela ia dizer alguma coisa, mas os lábios dele desceram, mais uma vez, calmos, quentes, impedindo-a de responder. Seus braços a apertaram contra si. Continuaram abraçados enquanto caminhavam rumo à trilha, o barulho das ondas diminuindo à medida que se afastavam.

Impressão e acabamento
Gráfica Oceano